VERLAG ANTJE
KUNSTMANN

Cyrille Offermans

Warum ich meine demente Mutter belüge

Aus dem Niederländischen
von Walter Kumpmann

Verlag Antje Kunstmann

Für Wim, Meggy (†), Tom, Marina und Resi

Eja, mater, fons amoris,
me sentire vim doloris
fac, ut tecum lugeam.

Gib, o Mutter, Quell der Liebe,
dass ich deine Schmerzen fühle,
dass ich mit dir trauern kann.

Aus ›Stabat mater‹

AN EINEM KALTEN NACHMITTAG im Februar 2003 traf ich sie völlig verwirrt an; sie war kaum wiederzuerkennen. Sie saß an dem runden Tisch in der Zimmerecke, allein, mit dem Rücken zur Wand, die Augen auf die Seitentür gerichtet – ich sage nur »gerichtet«, denn sie schaute nicht wirklich dorthin. Obwohl ich wie immer durch diese Tür hereingekommen war, hatte sie mich nicht gesehen. Ich hatte nicht den Eindruck, dass sie überhaupt etwas sah. Doch als ich mich mit einem Gruß über sie beugte, um ihr die Wange zu küssen, da kam mit einem Seufzer ein Blick des Erkennens.

Wie ich sie denn hier gefunden habe, fragte sie sabbernd und murmelnd, wie ich hier hereingekommen sei.

»So wie immer, durch den Eingang«, antwortete ich.

»Der Eingang ...« – sie sagte das erstaunt, das Wort in verwundertem Tonfall, eher abweisend als fragend, als ob sie andeuten wollte, dass ich nur ja nicht versuchen solle, ihr etwas vorzumachen; nicht nur sie selbst, sondern wirklich jeder wisse doch, dass dieses Gebäude überhaupt keinen Eingang habe, keinen Eingang und keinen Ausgang.

So hatte ich meine Mutter noch nie gesehen, sie wirkte wie eine Vogelscheuche. Sie trug eine Brille, die nicht ihr gehörte, die ihrer eigenen nicht einmal ähnlich war. Das breite, dunkelbraune Gestell saß zu eng auf ihrem Gesicht, ihre Augen traten aus den Höhlen wie die aufgerissenen Augen einer Karnevalsmaske. Ihre Wangen waren eingefallen, offensichtlich hatte sie ihre Prothese nicht eingesetzt. Um ihren Mund klebten, bis zum Kinn hinab, irgendwelche Essensreste. Als ich einen Küchenhocker herangezogen und mich neben sie gesetzt hatte, sah ich, dass ihr Schoß voller Flecken war.

Vor ihr auf dem Tisch stand eine kleine Schüssel mit einem Rest Joghurt, mit bräunlichen Schlieren und Klumpen von zerquetschten Bananen. Sie hatte die Schüssel wohl umgestoßen, auf dem mit Stickerei verzierten Tischtuch waren die gleichen Flecken zu sehen wie auf ihrem Rock und ihrer Bluse. An den Rändern war die Feuchtigkeit schon eingetrocknet, es musste also schon vor einiger Zeit passiert sein. Offenbar war niemand in der Nähe gewesen, um die Schmiere zu beseitigen und den Mund und das Kinn meiner Mutter zu säubern. Aber in der halb offenen kleinen Küche neben der Trennwand der beiden sogenannten Wohnzimmer musste jemand sein. Ich hörte nämlich Wischgeräusch und Gläserklirren. Aber zu sehen war da niemand.

Ob ich wisse, was wir mit den fünf Dingern anfangen sollten, fragte meine Mutter.

»Die fünf Dinger? Was für fünf Dinger?«

»Diese fünf Dinger hier natürlich.« Sie hörte sich wie leicht irritiert an und wies mit einer vagen Bewegung ihres Arms auf die Schüssel auf dem Tisch. »Der Sherry von diesen Menschen. Trink das mal aus, hörst du, die fünf haben schon genug gehabt.«

»Ach so, *der Sherry*«, sagte ich und schob die Schüssel von ihr weg, um zu verhindern, dass auch der letzte Rest vom Joghurt vom Tisch auf ihre Kleidung schwappte.

Dann war eine Stimme zu hören aus der Küchenecke, ich schaute mich halb um und ins Gesicht einer mir nicht bekannten Pflegerin. Ich fragte sie, was mit meiner Mutter passiert sei, warum sie nicht ihre eigene Brille trage, aber die Pflegerin verstand nicht, was ich wollte, oder tat nur so. »Und ihr Gebiss«, drängte ich weiter, »warum trägt sie ihr Gebiss nicht?« Auch darauf musste sie die Antwort schuldig bleiben; das wurmte sie, sie würde sich gleich bei einer Kollegin erkundigen, ihr Dienst hatte ja erst um vier Uhr begonnen.

Ich nahm eine Serviette aus dem Küchenschränkchen neben meinem Schemel, feuchtete eine Ecke davon mit meiner Spucke an und wischte damit die Joghurtreste vom Mund meiner Mutter. Dabei ließ ich meinen Blick über die Gesichter der übrigen Bewohnerinnen schweifen, die sich in dem Wohnzimmer aufhielten, denn vermutlich hatte ja eine von ihnen die Brille meiner Mutter auf der Nase. Sie waren allesamt Brillenträgerinnen, die vier Frauen an dem einen und die drei am andern Tisch, doch in keiner Brille erkannte ich das gesuchte Stück.

Ehrlich gesagt, wusste ich auch nicht so genau, wie die Brille ohne das Gesicht meiner Mutter dahinter eigentlich aussah, sozusagen als selbständiges Objekt, ganz abgesehen davon, dass dieses schon undeutliche Bild der Brille auch noch durch ein anderes Gesicht verfremdet würde. Es ärgerte mich, die Brille nie so gründlich angeschaut zu haben, dass ich nun eine klare Erinnerung daran hatte.

»Möchten Sie ein Glas Limonade, Frau Offermans?«

Ich hatte nicht gehört, dass die Pflegerin gekommen war, es war mir auch nicht aufgefallen, dass sie ihren Posten in der Küche, wie es schien, mal kurz verlassen hatte. Sie habe ihre Kollegin gefragt, sagte sie, was es mit der Prothese von Frau Offermans auf sich habe, und dann schwang ein triumphierender Ton in ihrer Stimme mit: »Frau Offermans wollte ihr Gebiss heute morgen nicht einsetzen. Sie hielt den Kiefer fest zusammengepresst.« Das Dings wolle sie nicht haben, hatte sie gesagt. »Wissen Sie noch, Frau Offermans, was sollten Sie auch mit diesem Ding im Mund?«

Früher nahm meine Mutter ihre Prothese stets aus dem Mund, bevor sie zu Bett ging. Ich hatte sie wohl öfter im Badezimmer in einem Glas Wasser schwimmen sehen, diese beiden Teile, wenn ich ihr Gute Nacht sagen kam, früher eben, als Junge. Doch in letzter Zeit nahm sie das Gebiss, soviel ich wusste, nur noch selten heraus, sie war überhaupt in jeder Hinsicht nachlässiger geworden, auch und vor allem – das war besonders ärgerlich und beschämend – in der Körperpflege. Eitel war meine Mutter nie gewesen – aber war sie jetzt so weit davon entfernt, dass es sie überhaupt nicht mehr kümmerte, wie sie aussah?

Seit gut einem halben Jahr wohnte sie nun in diesem Pflegeheim. Nun ja, wohnen! Sich aufhalten trifft es besser, sich unter Protest aufhalten. Die Leiterin der Abteilung, überlastet unter anderem mit den schriftlichen Berichten über den physischen und psychischen Zustand der ihr Anvertrauten, war der Meinung, dass die Eingewöhnung meiner Mutter sozusagen noch nicht abgeschlossen war. Bei unserem ersten Evaluationsgespräch, nach einem Monat, hatte sie sich dazu noch optimistischer geäußert. Nun meinte sie, man müsse bei meiner Mutter doch mehr Geduld aufbringen. Wie sie sich so hatte irren können, das verstand die Leiterin auch nicht. Sie sehe aber, dass die Eingewöhnung meiner Mutter ungewöhnlich sprunghaft, mit Höhen und Tiefen verlief, mit trügerischen Höhen und unerklärbaren Tiefpunkten.

Nein, meine Mutter fühlte sich in diesem Pflegeheim nicht zu Hause, das war nicht zu übersehen. Und wenn sie hier nicht einmal wussten, welche Brille die ihre war, würde sich daran wohl auch so bald nichts ändern.

Vielleicht hatte meine Mutter das Gebiss aus Protest verweigert. Seit sie in dem Heim war – die trügerischen Höhepunkte ausgenommen –, hatte sie sich fortwährend widersetzt. In gewissem Sinne aber auch schon – das sollte ich ehrlicherweise hinzufügen – in all den bedrückenden Jahren vor der Aufnahme ins Heim. Schon damals lehnte sich meine Mutter stets indirekt auf, wenn ihr etwas missfiel, und wahrscheinlich hat sie das ihr ganzes Leben hindurch so gehalten. Jemandem mit Nachdruck widersprechen, wortreich protestieren, schlankweg sagen, wenn sie etwas abwegig fand – das hat sie, als friedenstiftender Mittelpunkt in einem großen, lärmigen Haus, nie getan. Nun, wo sie die Ursachen ihrer Friedlosigkeit nicht mehr kannte, war der indirekte Protest aus ohnmächtiger Wut, die starrsinnige Verweigerung, das nahezu einzige Ausdrucksmittel, das ihr geblieben war.

Aber das war auch ein ziemlich kraftloses Mittel. Die Wirkung hing ab von der Beobachtungsgabe und dem Verständnis der Menschen ihrer Umgebung. Solange die ihr Verhalten und ihr Reden, ihren Ausdruck und ihre Gebärden wörtlich nahmen, konnten sie nicht anders, als sie lästig und unangenehm, ja sogar undankbar finden. Aber lästig war meine Mutter eigentlich nie gewesen. Eher hat sie stets die Last der anderen auf sich genommen, ganz selbstverständlich, heiter und ohne Selbstmitleid. Undankbar war ihre Umwelt, die sie da allein am Tisch sitzen ließ, ohne Gebiss und mit einer lächerlichen Brille auf der Nase.

Vielleicht, dachte ich, gab es ja noch eine andere Erklärung für ihre Verweigerung. Wenn meine Mutter eine Brille, die ihr auf keinen Fall passte, nicht mehr als eine fremde Brille erkannte, dann lag es auf der Hand, dass sie auch ihr Gebiss nicht mehr als ihr eigenes Gebiss wahrnahm. Umso mehr, als ein Gebiss, scheint mir, zu den wenigen Prothesen gehört, die noch nicht den Launen der Mode und dem Zeitgeschmack unterworfen sind.

Aber vielleicht war es noch viel schlimmer. Vielleicht hatte meine Mutter ihr Gebiss überhaupt nicht mehr als Gebiss wahrgenommen. Weil es nur noch selten aus dem Mund genommen und gereinigt worden war, hatte sie es wahrscheinlich schon eine Zeit lang gar nicht mehr gesehen, lange genug, um es nicht mehr als etwas zu erkennen, das sie bereits mehr als ein halbes Leben lang in ihrem Mund hatte.

Was hatte sie denn auch mit diesem seltsamen Ding zu schaffen! Das würde sie doch ganz gewiss nicht in ihren Mund stecken – na danke schön! In einem nicht mehr zu vergegenwärtigenden Augenblick, zu der Zeit, als meine Mutter ihr Gebiss im Munde führte, muss das Konzept »Gebiss« etwas tiefer in ihrem Hirn dermaßen zerbröckelt, implodiert, mit anderen Konzepten vermengt worden sein – alle Bilder, die zur Beschreibung dieses Phänomens verfügbar sind, haben etwas Willkürliches –, dass es ihre Wahrnehmung nicht mehr so weit lenken konnte, um in dem fremden, blassrosa Ding mit einer Reihe von weißen Flecken noch so etwas wie ein Gebiss zu sehen.

Schon des öfteren hatte ich bemerkt, dass meiner Mutter immer mehr Dinge in ihrem Umkreis fremd erschienen waren. Das betraf die Umgebung als solche, die Gesichter der Leute in ihrer Wohnstube und nahezu alle Gegenstände, auch die alltäglichsten.

»Was sollen wir denn hier mit den fünf Dingern machen?«

Die Fremdheit der Dinge hatte ihre konzeptuellen Fähigkeiten im gleichen Maße angegriffen wie ihre motorischen Fertigkeiten. Sie wusste nicht mehr, wozu das Gebiss diente, und genau so wenig konnte sie noch gezielt danach suchen, es mit einer sicheren Bewegung auf ihrem Nachtkasten greifen und in den Mund stecken.

Häufig bewegte sich ihr Arm zögernd, anscheinend ungesteuert auf die Gegenstände zu. Nicht selten schätzte sie den Abstand falsch ein und griff dann halb oder ganz daneben. Dabei machten ihre Finger ungeschickte, schlecht koordinierte Greif- und Tastbewegungen, sodass es nicht verwunderlich war, wenn sie mal eine Tasse, ein Glas oder einen Napf umwarf. Oder sie führte das Gefäß so unbeholfen und ungelenk zum Mund, dass sie unterwegs einen Teil des Inhalts verschüttete oder, wenn sie dann schließlich doch den Mund erreicht hatte, die Hälfte des Inhalts kläglich verschlabberte.

So musste es auch mit der Schüssel mit Joghurt passiert sein. Vielleicht war die eines von den fünf Dingern, von denen sie wissen wollte, was damit zu tun sei. »Wir« hatte sie gesagt. Daraus klang womöglich eine letzte Ahnung, wenn auch ganz unbewusst, nicht alleine davor zu stehen. Aber so sehr ich das auch glauben möchte und es hoffe, so sehr ich es auch sie glauben lassen möchte – ich weiß, dass es nicht so war. Sie stand ganz allein davor. Niemand konnte in ihren Kopf kriechen und fühlen, was sie fühlte. Niemand konnte, selbst nicht für nur einen Augenblick, das Dunkel ergründen, in dem sie sich bewegte, in dem sie ratlos nach Namen suchte für die Dinge, von denen sie auch nicht mehr wusste, was sie damit tun sollte, was »wir« damit anfangen sollten.

Das Gedächtnis bewahrt nicht alle Sinneseindrücke. Eine gewisse Neigung zur Trägheit kann ihm nicht abgesprochen werden. Wahrnehmungen, die früheren Wahrnehmungen gleichen, werden ohne große Bedenken auf den gleichen Haufen geworfen. Schlechte Beobachter geben sich damit zufrieden, die guten aber nicht. Die wollen gerade alle Seiten, Aspekte und Details und insbesondere alle Veränderungen einer Sache sehen – und seien sie auch noch so geringfügig –, die nicht bereits zu dem undeutlichen Bild gehören, das sie in ihrem Kopf speichern.

Meine Mutter nimmt es nicht mehr so genau. Sie wirft Bilder, die nur auf einem ziemlich hohen Abstraktionsniveau miteinander verwandt sind, auf einen Haufen, und manchmal gelingt ihr nicht einmal das. Eine Schüssel bezeichnet sie hartnäckig als Glas; Joghurt und Apfelsaft, selbst Kaffee und Tee nennt sie Sherry. Mit ihr zu kommunizieren – sonst kann ich das Wort ja nicht leiden, aber in diesem Fall ist es treffender als »reden« –, wurde immer mehr zu einer Sache von Eingeweihten.

In besseren Zeiten war meine Mutter, wenn es um die Sprache ging, sehr genau gewesen. Sie hatte die Angewohnheit, jeden zu korrigieren, der sich Sprachschnitzer leistete. Bei Zweifeln über die präzise Bedeutung eines Wortes oder einer Wendung griff sie unverzüglich zu van Dales Wörterbuch. Sie war allergisch gegen die Wörter »Ding« und »Dinge«; wer sie aus Faulheit oder aus Nachlässigkeit benutzte, musste mit ihrem spöttischen Kommentar rechnen.

Jetzt aber gibt es für sie nur noch Dinger. Sie hat sich in das Gegenbild von Ireneo Funes, der hypothetischen literarischen Figur von Jorge Luis Borges (in der Erzählung *Das unerbittliche Gedächtnis*) verwandelt, der über eine so unglaublich präzise Wahrnehmungskraft verfügt, dass er sich nicht nur an jedes Blatt von jedem Baum auf jedem Berg erinnert, sondern auch an jedes Mal, als er all diese verschiedenen Blätter in Wirklichkeit oder in seiner Einbildung gesehen hat. Während Funes nicht im Stande ist zu vergleichen, zu verallgemeinern und zu abstrahieren, ist meine Mutter nicht mehr fähig, Unterscheidungen zu treffen, zu präzisieren und zu konkretisieren. Beide können keinen Abstand halten, um sich auf ein Objekt zu konzentrieren, und können dessen verschiedene Erscheinungsformen in Zeit und Raum nur noch als ein Kontinuum von Varianten sehen. Funes schreckt jedes Mal vor seinem eigenen Anblick zurück, meine Mutter scheint alles zum ersten Mal zu sehen. In beiden Fällen ist es ein Unvermögen, das in den Irrsinn führt.

»Les extrêmes se touchent« – weder Funes noch meine Mutter sind einem Leben gewachsen, das ein ruhiges Gleichgewicht fordert zwischen der Kunst des Vergessens von Unterschieden, wozu Funes jede Veranlagung fehlt, und der Fähigkeit, Unterschiede zu erkennen, die meine Mutter in nahezu jeder Hinsicht verloren hat. Anders als bei Funes, dessen geistige Fassungskraft keine Entwicklung zulässt, kann es bei meiner Mutter – vorsichtig ausgedrückt – wohl noch viel schlimmer werden.

Ich behaupte nicht zu wissen, was ein normal funktionierendes Gedächtnis ist. Aber dass es irgendwo zwischen dem von Funes und dem meiner Mutter liegt, scheint mir keine gewagte Annahme zu sein. Bei uns gewöhnlichen Sterblichen, die wir nicht mit dem pathologischen Unterscheidungsvermögen des einen und auch nicht mit dem katastrophalen Unvermögen zu unterscheiden der anderen geschlagen sind, nimmt das Gedächtnis ebenso leicht neue besondere Eindrücke auf, wie es näher liegende, weniger wichtige tilgt.

Es handelt sich um einen permanenten, unbewusst verlaufenden Prozess, der am besten durch die Beobachtung desselben Objekts in verschiedenen Stadien erfasst werden kann. Das letzte Bild schiebt sich automatisch immer wieder vor alle älteren Bilder. Von Menschen, die wir häufig sehen, bewahren wir doch auch vor allem die neuesten Bilder. Es ist wohl zu mühsam, die älteren Bilder der Leute aus dem Archiv des Gedächtnisses heraufzuholen und in unseren inneren Projektor zu stellen. Oft gelingt das nur mit Hilfe von Fotografien oder Filmaufnahmen. Die Bilder, an die wir uns erinnern, stammen denn auch zumeist von denen, die vordem von uns selbst oder von anderen aufgenommen worden sind, stillgelegte, unveränderbare Bilder aus unserm Leben, nicht vom Leben selbst.

So besitzt unser Gedächtnis eine gewisse Zweckdienlichkeit: Es räumt weg, was für die Gegenwart nicht mehr nötig ist. Doch was daraus folgt, ist grausam, grausam und ungerecht: Von alten Menschen bleiben vor allem die Bilder des Verfalls und der Gebrechen.

Meine Mutter lebt in mir weiter in einem Knäuel von Momentaufnahmen, Bruchstücken der Erinnerung und mittlerweile ganz wirren Geschichten. Visuell aber, als Bild, vor allem doch als alte, als eine sehr alte Frau. In mein Gedächtnis eingegraben, wochenlang immer wieder ungebeten auf meiner Netzhaut erscheinend und selbst jetzt, nach drei Jahren, noch immer mühelos aufzurufen, gibt es das Bild von diesem kalten Februarnachmittag, das verwirrte Gesicht mit den undurchdringlichen Kugeln hinter der fremden, viel zu kleinen Brille, mit den eingefallenen teigigen Wangen, den eingetrockneten Speiseresten um Mund und Kinn, wie sie so dasaß am Tisch, allein, mit der fast leeren Schüssel Joghurt vor sich und mit der bizarren Landkarte von Joghurtflecken auf ihrem Schoß.

Die fünf Dinger, höre ich dann noch immer automatisch, ob ich denn wisse, was wir mit den fünf Dingern anfangen sollten.

Der Prozess des geistigen Verfalls ist bei meiner Mutter ganz allmählich verlaufen. Es gab zwar einige Phasen von abrupter Verschlechterung, in denen sie sicherlich leichte Hirnblutungen gehabt hat, auch ein paar Stürze – womöglich als Folge der Blutungen – zählen dazu, doch im Allgemeinen war es ein langsamer, sich hinschleppender Prozess, jedenfalls im Vergleich mit den meisten anderen Fällen, die mir bekannt geworden sind.

Ich bin übrigens nicht in der Lage, einen einigermaßen exakten Beginn des Verfalls anzugeben. Das Alter bringt ja Gebrechen mit sich, doch ob bestimmte Mängel eine zwangsläufige Folge des Alterns sind, wissen wir noch nicht so sicher. Als ich mich bei meinen Geschwistern danach erkundigte, erhielt ich Auskünfte, die um zwei, drei oder gar vier Jahre auseinanderlagen.

Es hat, wie ich mich nun erinnere, auch lange gedauert, bis ich die Symptome, die auf eine Demenz hindeuten, als solche erkannte. Wohl ein ganzes Jahr lang habe ich angenommen, bestimmte Änderungen im Verhalten meiner Mutter – leider ausnahmslos Rücksichtslosigkeiten – seien ganz gewöhnliche Alterserscheinungen, die mit der Einengung, mit dem Schwinden des physischen Aktionsradius' oder der Lebenserwartung zu erklären waren.

Das erste Mal, dass die Veränderungen für mich als überaus peinlich hervortraten, das war im Winter 1995 auf 1996. Meine Mutter war damals dreiundachtzig Jahre alt und, abgesehen von einigen kleineren Beschwerden, kerngesund.

Wir, meine Frau und ich, unsere beiden Kinder und auch der Hund, zogen um. Wir hatten in Sittard ein Haus gekauft, in der mittleren Provinzstadt, wo meine Mutter schon seit vielen Jahren allein wohnte und in der meine Frau und ich, ein paar Straßen voneinander entfernt, unsere Kinder- und Schuljahre verbracht hatten. Da wir in unser neues Haus noch nicht sofort einziehen konnten und aus dem alten bereits ausziehen mussten, hatten wir beschlossen, in der dreimonatigen Übergangszeit bei meiner Mutter zu wohnen.

Die meiste Zeit über bestand unsere Familie nur aus drei Personen. Unser Sohn studierte in Delft und kam gelegentlich übers Wochenende in den Süden, unsere Tochter ging aufs Gymnasium in Sittard und wohnte noch bei uns. Wir hofften, im Haus meiner Mutter ganz normal arbeiten zu können, dazu war es geräumig genug.

Etwa so hatte ich es meiner Mutter vorgeschlagen, ganz behutsam, obschon ich überzeugt war, dass sie zustimmen würde. Und das war auch der Fall.

Wir gingen immer vertraut miteinander um, und meine Frau und ich wollten meine Mutter gern ein bisschen verwöhnen. Wir wollten ihr die unangenehmen Arbeiten abnehmen, ihre Lieblingsgerichte kochen und sie auf Fahrten und Ausflüge mitnehmen. Es sollte ein vergnüglicher Winter werden.

Das ging jedoch ganz anders aus. Die drei Monate waren für uns eine Qual, und zweifellos erst recht für meine Mutter. Sie zeigte sich von einer Seite, die wir an ihr nicht kannten. Sonst stets so mitfühlend, hilfsbereit und munter, entpuppte sie sich jetzt als übellaunig, bissig und misstrauisch.

Vor allem traf es meine Frau. Was sie auch tat, um es meiner Mutter recht zu machen, es lief einfach alles verkehrt. Es war, als wollte meine Mutter meine Frau und mich und in geringerem Maße auch meine Kinder und mich auseinandertreiben, wo ich doch nie zuvor auch nur die mindeste Spur von Eifersucht bei ihr gespürt hatte. Die drei Monate waren quälend und bedrückend. Mehr als einmal kostete es uns die größte Mühe, gegen sie nicht ausfallend zu werden. Und einige Male waren wir, völlig ratlos, so weit, zu überlegen, ob wir nicht in einem Ferienhaus oder einer Pension Unterschlupf suchen sollten.

Gegen Ende unseres schmählich misslungenen Versuchs, friedlich zusammenzuwohnen, habe ich eines Mittags – meine Mutter hielt ihr Mittagsschläfchen – eine Art von Bericht im Telegrammstil über die vergangenen Monate verfasst. Ich plante nicht, daraus jemals etwas Literarisches entstehen zu lassen, ich sah in den Notizen eine Art von Ergänzung des Tagebuchs, das ich seit Jahren mehr oder minder regelmäßig führte, und eigentlich als eine ausführliche Agenda, mit Fakten und Daten, für andere uninteressant.

Jetzt, zehn Jahre später, habe ich die Notizen zum ersten

Mal wieder gelesen. Ich bin darüber sehr erschrocken. Ihr Ton ist eher beschuldigend als mitfühlend, eher unduldsam als verständnisvoll. Zu meiner nicht geringen Verwunderung kommt das Wort »Demenz« in dem achtseitigen Plädoyer überhaupt nicht vor, nicht im diagnostischen Sinn und auch nicht als mildernder Umstand.

Später, als meine Mutter auch an fortschreitendem Gedächtnisschwund litt, begann es mir zu dämmern, und da begriff ich, dass diese Wandlung des Charakters als Symptom einer beginnenden Demenz gedeutet werden muss. Als Virtuosin im Verdrängen von Problemen und im Vertuschen von Beschwernissen war es ihr bis dahin gelungen, ihren Gedächtnisverlust weitgehend vor uns zu verbergen.

Doch nun muss sie sich ertappt gefühlt haben, muss sie unsere Fürsorglichkeit als eine freundliche, doch um so verräterischere Form von Bevormundung erfahren haben: Wir trauten ihr wohl nicht mehr zu, allein zu wohnen. Hinter der Maske von Hilfeleistung nähmen wir ihr die Regie über ihr Leben ab. Das vertraute Zusammensein sei meiner Frau und mir natürlich wichtiger als ihre Gebrechen. Und schon bald werde der Krankenwagen vor der Türe stehen, um sie zu holen.

Das alles verstanden wir erst hinterher, in jenen Monaten selbst begriffen wir ihr Misstrauen gar nicht, fanden es peinlich und völlig unangebracht. Jetzt wird mir klar, dass ein direkter und verhängnisvoller Zusammenhang bestand zwischen ihren Tarnversuchen und unserer Fürsorge.

Je mehr wir ihr aus der Hand nahmen, umso mehr muss sie sich ertappt gefühlt und noch mehr bemüht haben, ihre

Unbeholfenheit und Vergesslichkeit zu verschleiern. Doch andererseits: Je besser wir die Tarnung durchschauten, desto stärker wurden unsere Anstrengungen, es ihr recht zu machen. So wie sie unserer Freundlichkeit nicht traute, so misstrauten wir ihr, wenn sie so tat, als sei nichts.

Sie könne doch wirklich alles selbst machen, Kaffee kochen, einkaufen, fürs Essen sorgen, selbst das Autofahren gehe ihr doch leicht von der Hand.

Kurz davor jedoch, als wir noch im eigenen Haus wohnten, hatte sie einen unbegreiflichen Unfall verursacht. Auf einem ungefährlichen, geraden Abschnitt einer Provinzstraße hatte sie mit ihrem Opel Astra einen in gleicher Richtung ordentlich auf dem Radweg fahrenden Mopedfahrer angefahren; der Mann musste mit zum Glück nicht allzu ernsthaften Verletzungen ins Krankenhaus gebracht werden. Meine Mutter wusch ihre Hände in Unschuld. Mit abnehmendem Konzentrationsvermögen und verminderter Reaktion hätte der Unfall nichts zu tun, wirklich nicht. Es war halt ein Unfall, nichts Außergewöhnliches, nur ein Augenblick von Unaufmerksamkeit, so wie es einem jeden mal passieren kann.

Wir wussten es besser. Meine Mutter wurde von allem abgelenkt, sie war auf der Straße eine Gefahr. Schon seit einiger Zeit hatten wir ihr nicht mehr nachgewinkt, wenn sie nach einem Besuch bei uns wieder nach Hause fuhr. Als wir das noch taten, vom großen Fenster im Wohnzimmer aus, hatte sie die Gewohnheit, zur Seite zu blicken und mit einem breiten Lachen zurückzuwinken, doch immer öfter kam es dann vor, dass der durch das Winken verursachte Ruck ihres Oberkörpers nach links mit einem kräftigen Ruck des Steuers verbunden war, sodass sie auf die falsche Straßenseite geriet.

Sie bestand aber darauf, dass wir sie nicht abholten und wieder zurückbrachten. Sie wollte auf jeden Fall selbst fahren, als wollte sie sich und uns davon überzeugen, dass sie das wirklich noch gut konnte. Erst als sie sich in der Folge des Unfalls vor dem Richter verantworten musste, stimmte sie widerwillig zu, dass wir ihr Auto verkauften. Mit dem Geld, rechneten wir ihr vor, könne sie zehn Jahre lang zweimal in der Woche mit dem Taxi kommen.

Doch hatten wir auch dann noch nicht ganz durchschaut, was mit meiner Mutter eigentlich los war, und andere erst recht nicht. Am Telefon und bei kurzen Begegnungen auf der Straße reagierte sie ganz angemessen auf die üblichen Redensarten, die zu solchen Kontakten gehören – unglaublich, wie beweglich sie noch war. Vor einem Besuch, der nur eine Weile blieb, konnte sie sich, wie wir bemerkten, noch zusammennehmen, blieb der aber über den Nachmittag da oder den ganzen Abend, dann wurde sie nervös. Dann wurden ihr die Gespräche zu lang und zu schwierig, dann musste sie ihre Aufmerksamkeit auf zu viele Personen und Vorgänge richten, und das gelang ihr nicht mehr.

Zuweilen nahm dieses Rollenspiel groteske Formen an. War sie soeben noch voller Missmut durchs Wohnzimmer gestürmt, so schlug ihre Stimmung unmittelbar darauf, wenn das Telefon klingelte und sie abgenommen hatte, um, wie ein Blatt am Baum, und sie war nur noch die reinste Liebenswürdigkeit. Meine Frau und ich schauten uns dann vielsagend an: Was für eine Schauspielerin, wie bringt sie das nur zusammen? Gleichzeitig begriffen wir, dass nicht die missmutige, sondern die liebenswürdige Frau diejenige war, die wir aus besseren Zeiten so gut kannten. Vielleicht spielte sie die Freundlichkeit gar nicht, dachte ich wider besseres Wissen, vielleicht griff sie jede Gelegenheit neben den alltäglichen Pflichten auf, um ihren wahren Charakter zu bekunden, wie einen SOS-Ruf an die Welt.

Doch ich wusste auch, dass meine Mutter kein großes Talent für Dramatik hatte. An große Freudenausbrüche erinnere ich mich ebenso wenig wie an solche des Ärgers. Eine gewisse Leichtigkeit des Gemüts, jedenfalls eine Sehnsucht danach wie bei den stoischen Philosophen, konnte man ihr nicht absprechen. Als sie älter wurde, wurde sie indes unempfänglicher für das Leid anderer Menschen, sie wollte nichts davon hören. Gespräche über Krankheiten und den Tod waren völlig tabu. Sie mied soweit wie möglich die Gesellschaft von Leuten, die offenbar nichts lieber taten, als die Krankheiten anderer in allen Einzelheiten fast genüsslich zu bereden, während sie andererseits Gespräche sehr schätzte, in die sie einbezogen war.

Meine Mutter nahm alles sehr lakonisch und leichten Herzens auf – so schlimm werde das doch alles gar nicht sein. Mit dem Tod, insbesondere mit ihrem eigenen Tod, wollte sie noch nichts zu schaffen haben. Auf gar keinen Fall war sie zu einem Gespräch bereit, das, wie behutsam auch verpackt, darauf hinauslief. Wir führten es selbstverständlich über eine ferne Zukunft, über eine ferne, aber doch unumgängliche Zukunft – aber nein, über ein Testament oder über die Wahl zwischen Beerdigung und Einäscherung konnte man mit meiner Mutter nicht reden. Ganz zu schweigen von der unmittelbaren Zukunft, wie deutlich deren Zeichen nun doch schon sichtbar wurden.

Was uns auffiel, was uns auffallen *musste*, als wir bei ihr einzogen, war ihre Ruhelosigkeit. Sie lief nicht nur den ganzen Tag über aufgeregt durchs Haus, ohne Ziel, wie es schien, und jedenfalls völlig sinnlos, sie redete dabei auch unentwegt.

Wohl zehnmal am Tag hielt sie es für nötig, die Pflanzen zu gießen, auch die Kakteen und andere Pflanzen, die über den Winter sicherlich kaum Wasser brauchten, und fortwährend begleitete sie ihre Umtriebigkeit mit Kommentaren. Noch eben zu den Pflanzen im Esszimmer und im Wohnzimmer, die Veranda nicht vergessen – und schwups, schon war sie wieder fort. Offenbar brauchte sie den Redefluss, um in Bewegung zu kommen und zu bleiben. Sie rekapitulierte in Worten, was sie machte, ohne etwas hinzuzufügen, es war wohl Ermutigung und Rechtfertigung zugleich. Sie schien es nicht mehr fassen zu können ohne die Hilfe der üblichen Redensarten, die ihr auf dem Fuße folgten wie ein verhängnisvoller Schatten.

Fürchtete sie sich vor der Stille, die zum Nachdenken

zwingt oder jedenfalls die Gelegenheit bietet, vom Lehnstuhl aus *über* die Dinge zu reden, statt sie lediglich mit Worten zuzuschütten? Oder waren das unbewusste Übungen des Gedächtnisses, das sich, bereits eingeschränkt, wohl mehr oder minder seiner Mängel bewusst war? Zwang meine Mutter sich zur Betriebsamkeit, wie sinnlos die auch immer war, um damit die schon vorhandene Stagnation ungeschehen zu machen?

Hundertmal am Tag fragte sie, plötzlich sich vom Stuhl erhebend, ob sie heute schon die Pflanzen gewässert habe. Aber sicher, sagten wir dann, das habe sie, selbst die Kakteen stünden mittlerweile bis zu den Knien im Wasser, und das wäre doch gewiss für sie kein Spaß.

Doch kein Einwand konnte sie zurückhalten, und schon eilte sie wieder auf den Flur, in die Küche, auf den Flur zurück und dann zur Waschküche und fand endlich ihre Gießkanne. Wie konnte sie die nur in der Waschküche lassen, da stellte sie das Ding doch nie hin – hatten wir die Gießkanne etwa dorthin gestellt? Sie drehte den Hahn auf, lief mit der vollen Kanne zu den Pflanzen im Erker, im Esszimmer, in der Veranda und wiederholte das alles unter Reden und Reden, mit Reden als unüberhörbarer Begleitung und Teil des Treibens.

Vielleicht war das, was meine Mutter tat, nichts anderes als die zwanghafte Durchführung der antiken Gedächtnisübungen, die Cicero und Quintilian als Bestandteil der Rhetorik vorschrieben. Wer lange Reden halten will, lehrten sie, solle sich in Gedanken ein Gebäude errichten, am besten einen großen und reich gegliederten Bau mit Atrium und Peristyl, mit Bildern und Ornamenten, in dem er die verschiedenen Teile seiner Rede in logischer Abfolge und an festen Stellen, *loci*, unterbringt.

Während der Rede brauche der Orator nichts anderes zu tun, als in Gedanken durch das Gebäude zu gehen, um alles, was er dort untergebracht hat, wiederzufinden.

Meine Mutter parodierte diese Empfehlungen. Sie lief nicht in Gedanken durchs Haus, sondern leibhaftig, sie legte ihre Route durch keine Reihenfolge fest und schon gar nicht durch die zweckmäßigste, sondern immer wieder anders. Sie war nervös, gejagt, kehrte häufig auf dem Absatz um, instruierte sich selbst, korrigierte sich, stellte Fragen und sprach nach offensichtlichen Irrtümern auch manchmal zu sich selbst: Wie konnte sie nur so dumm sein, mit einer leeren Gießkanne zur Veranda zu laufen, das war ihr nun wirklich noch nie passiert. Doch sie lief durch ihr Haus, immer auf der Suche, den lieben langen Tag; länger als eine Minute still zu sitzen war ihr ebenso unmöglich wie mehr als eine Minute lang still zu sein, nicht zu reden, nichts zu sagen.

Wenn sie nach so einem Ausflug durchs Haus endlich wieder einmal saß, dann wurde sie fast unmittelbar darauf von neuen Zweifeln befallen. Dann ergoss sich ein neuer Redeschwall. Der galt nun nicht den erledigten Tätigkeiten, sondern denjenigen, die sie versäumt hatte, die sie eigentlich hätte verrichten müssen und die sie sich jetzt zu erledigen vornahm, jetzt, na ja, sofort, oder auf jeden Fall morgen.

Das Wort »eigentlich« nahm in ihrem sich verringerndem Wortschatz mehr und mehr einen herausragenden Platz ein. Sie hatte es schon seit jeher häufiger als üblich benutzt, und nun führte sie die Frequenz auf eine erstaunliche Höhe. Eigentlich müsste sie den oder jenen eben mal anrufen, na ja, das würde sie dann eben morgen tun. Eigentlich sollte sie auch kein zweites oder drittes Bonbon oder kein soundsovieltes Glas Sherry mehr zu sich nehmen, aber sie hatte die Absicht, sich selbst zu beschränken, noch gar nicht ausgesprochen, als das zweite oder dritte Bonbon oder der nächste Sherry bereits in ihrem immer gieriger werdenden Mund verschwunden war.

Meine Mutter war früher sehr kontaktfreudig gewesen, ich übertreibe wohl nicht, wenn ich sie ein Geselligkeitstier nenne; sie konnte unablässig schwatzen und sicherlich ebenso gut zuhören; jetzt aber hielt sie nur noch Monologe. Ihr Gerede war zwar mit Fragen gespickt, doch an Antworten war sie offenbar gar nicht interessiert. Auch die seltenen Male, wenn es bei ihren Fragen um unsere Tätigkeiten ging, wartete sie die Antworten gar nicht erst ab. Wie es denn heute in der Schule gewesen sei, fragte sie meine Tochter immer wieder und zu ganz unsinnigen Zeiten. Dann rannte sie schon wieder in die Küche oder die Waschküche, aufgeschreckt vom eigenen Redefluss, dann war da eigentlich dies oder eigentlich das. Und dann bekamen auch die Pflanzen wieder die ganze Breitseite ab.

Nicht antworten, in der Hoffnung, sie zum Schweigen

zu bringen, und sei es auch nur für eine halbe Minute, war ebenfalls sinnlos. Sie fragte, aber sie wusste nicht einmal, dass sie etwas fragte. Sie fragte unbewusst, nehme ich an, um die Vergesslichkeit auszuschließen, um nicht jeden Augenblick plötzlich und konturlos, aber um so peinlicher erinnert zu werden an den Abstand zwischen den Absichten und der unmittelbar folgenden Verflüchtigung dieser Absichten zu einem minimalen Rest der Erinnerung, der sich dann in dem Wort »eigentlich« manifestierte.

Doch konnte sie nicht verhindern, dass wir uns zurückzogen. Dass sie keine Reaktion auf ihre endlosen Monologe brauchte, hieß noch nicht, dass sie ohne Zuhörer auskam. Es musste sich nur einer von uns erheben, dann wollte sie schon wissen, wohin er ging. Wenn meine Frau und ich den Tag miteinander planten, fühlte sie sich ausgeschlossen, auch wenn wir nicht laut sprachen, meine Mutter hatte ja ein recht gutes Gehör. Dann verlangte sie Aufklärung mit dem Argwohn von jemandem, der eine Verschwörung wittert. Trotzdem zogen wir uns ab und zu in unsere Arbeitszimmer zurück, wenn auch nicht beide zur selben Zeit.

Wer im Wohnzimmer zurückblieb, hatte besonders viel auszuhalten. Alle paar Augenblicke wollte sie wissen, wo denn der andere geblieben war, was denn das für ein Benehmen sei, den ganzen Tag so mir nichts, dir nichts fortzubleiben. Die beruhigende, mitunter natürlich auch irritiert klingende Antwort vermochte sie nur für einen Moment zufriedenzustellen. Dann wiederholte sie die Frage zum soundsovielten Mal, und manchmal unternahm sie auch gleich eine wütende Suche durchs ganze Haus.

Anfangs hatten wir noch die Illusion, ihr chronischer Redezwang könnte durch das Fernsehen für kurze Zeit unterbrochen werden. Das Gerät wurde bereits am frühen Nachmittag angestellt, ganz gleich, ob jemand hinschaute oder nicht. Lange bevor es so weit war, fragte meine Mutter, ob es denn noch nicht vier Uhr sei, denn dann begann die Tagesschau. Natürlich konnte sie auch selbst auf die Uhr schauen, aber das machte die Frage ja nicht überflüssig. Sie wiederholte die Frage nicht selten auch *während* der Tagesschau oder wenn diese gerade beendet war. Sie hatte dann über Bild und Ton hinweggeplappert, bissige Kommentare gegeben zur Frisur einer Nachrichtensprecherin oder der eines interviewten Ministers, ohne zu bemerken, dass die Nachrichten inzwischen an ihr vorbeiliefen.

Das Fernsehen war, vor allem, wenn *wir* einmal etwas sehen wollten, eine Quelle großen Ärgers. Immerfort wollte meine Mutter wissen, wer denn wer war. Wenn wir es ihr sagten, folgte ständig die erstaunte Frage, ob wir den Mann auch kennen würden; zu blöd, dass der im Fernsehen auftrat; ob wir den Mann vorher schon mal gesehen hätten. Filme anzuschauen wagten wir erst gar nicht. Sie konnte den Geschichten nicht folgen, versuchte das auch gar nicht, und fragte nach Zusammenhängen, die gerade in diesem Moment erklärt wurden, sodass auch wir bald den Faden verloren. Wenn sie dann auch noch immer wieder bei einem Wechsel der Szene fragte, ob wir etwa heimlich auf einen anderen Sender umgeschaltet hätten, gaben wir es meistens auf.

Vielleicht hatte auch mich der Virus des Misstrauens befallen, wenn ich vermutete, dass meine Mutter ganz bewusst darauf aus war, uns auch noch das letzte bisschen Spaß am Fernsehen zu verleiden. Jedenfalls war es offenkundig, dass ihr das immer besser gelang, je weiter der Abend fortschritt und je mehr sie entsprechend getrunken hatte. So gegen zehn Uhr begann sie damit. Zuvor hatte sie schon die erforderlichen Male gefragt, ob wir nicht so langsam etwas trinken wollten – doch nein, wir fanden es noch zu früh. Dann riss sie voller Ungestüm die an der Oberkante klemmende Tür der Anrichte auf, hinter der die Flaschen standen, was stets die Gläser klirren ließ.

Das erste Glas Sherry war in ein paar Sekunden geschluckt, das zweite folgte ohne Zögern. Manchmal, wenn sie sehr erregt war, gönnte sie sich keine Pause, um sich zu setzen. Dann stand sie zunächst einen Moment lang vor dem Kasten, trat einen kleinen Schritt zurück und blieb mit gebeugtem Rücken, ein wenig schwankend, mit der Flasche in der einen und dem Glas in der anderen Hand genau vor dem Bildschirm stehen, stocktaub für unsere Proteste.

Ob der Alkohol sie besänftigte, weiß ich nicht, genießen konnte sie ihn jedenfalls nicht. Sie trank zwanghaft wie eine Alkoholikerin. Vom dritten oder vierten Glas an – sie wusste, dass ich dann zu meckern anfing und sie bat, es doch etwas langsamer anzugehen – ging sie mehr oder weniger heimlich vor. Mit dem Rücken zu uns goss sie sich ein, oft schnell und unbeherrscht, wodurch das Glas überlief und die offene Tür der Anrichte, der Teppich oder ihr Kleid vom Sherry besudelt wurden und abgewischt werden mussten.

Von Glas zu Glas wurden ihre Kommentare fahriger. Wenn ich es aber wagte, den Fernseher abzuschalten, protestierte sie heftig, sie wolle doch die Vier-Uhr-Tagesschau sehen, ob es denn noch nicht so weit sei, sie habe den ganzen Tag noch keine Nachrichten gesehen.

Der einzige Vorwand, den meine Mutter für die gleichzeitige Abwesenheit von meiner Frau und mir gelten ließ, war der Hund, der ausgeführt werden musste. Anfangs fand ich das merkwürdig, bis ich begriff, dass das Alleinsein zwar für sie unerträglich war, aber am späten Abend gewiss auch seine Vorteile bot. Unbehindert durch mein Lamentieren konnte sie sich dann dem Trinken zuwenden, und einige Male scheint sie das auch so ausgiebig getan zu haben, dass sie sich nicht mehr auf den Beinen halten konnte.

Nach einem solchen Rückschlag beschlossen wir am nächsten Abend, nicht mehr zu zweit mit dem Hund um den Block zu gehen. Das aber stieß nun auf den Protest des Hundes, der, gewöhnt an die doppelte Begleitung, sich hartnäckig weigerte, auch nur eine Pfote zu bewegen, solange die im Haus verbleibende Partei den Eindruck erweckte, diesmal auf ihrem Standpunkt zu beharren; er wusste sehr wohl, dass deren Geduld eher schwand als die eigene.

Eines Abends, kurz nach dem Essen, stand ich in der Küche. Ich räumte die Töpfe, die Teller und das Besteck in die Spülmaschine und setzte das Kaffeewasser auf. Gerade als der erste Strahl des kochenden Wassers in den Filter lief, hörte ich ein Gepolter an der Verandatür. Durchs Küchenfenster sah ich meine Mutter, sie stieß die Verandatür mit Gewalt auf, sagte etwas zu sich selbst, was ich nicht verstehen konnte, ließ die Tür weit offen stehen, bückte sich, kam mit der Gießkanne wieder hoch und lief in den Garten.

Im Zimmer hörte ich den Hund bellen. Es war an einem Abend im Januar, finster und kalt, ein eiskalter Wind blies aus Nordost. Sie trug weder eine Jacke noch eine Weste. Kaum konnte ich ihr nachlaufen, als ich sie links aus den Augen verlor. Eine halbe Minute später kam sie zurück, immer noch mit der Gießkanne in der Hand. Sie lief durch die Verandatür ins Haus, blieb unschlüssig auf der Schwelle stehen, stampfte mit dem Fuß auf und lief wieder in die Kälte hinaus, jetzt fest entschlossen, ich hörte, wie sie fluchte.

Eine Minute später, der Kaffee war fast durchgelaufen, kam sie wieder zurück, die Gießkanne noch immer in der Hand, suchend umherblickend, doch ohne mich zu sehen, unverrichteter Dinge, wie es aussah. Ich hatte keine Ahnung, was sie eigentlich vorgehabt hatte, sie selbst wusste es wohl auch nicht.

Sie lief wieder ins Haus zurück, blieb wieder stehen, schaute sich wieder wie suchend um. Und wieder stampfte sie mit dem Fuß auf, wie ein kleines Kind. Im selben Augenblick hörte ich ihre Stimme, härter als sonst, herzerschütternd in der Verzweiflung und in ungehemmtem Selbstmitleid: »Ich weiß ja nichts mehr, ich weiß doch überhaupt nichts mehr!«

AM 18. MÄRZ BEZOGEN WIR unser neues Haus, und damit nahm die Heimsuchung ein Ende, wenigstens unsere, die meiner Mutter sollte noch eine Weile andauern. Ob sie erleichtert war, dass wir sie nun endlich allein ließen, wage ich nicht zu behaupten. Es ist durchaus möglich, dass sie sehr unsicher und verwirrt war, denn sie wusste, sie war der andauernden Gegenwart von anderen nicht mehr gewachsen, obschon es ihre eigenen Kinder waren. Aber sie wusste auch, dass sie nicht mehr ohne sie sein konnte.

Ich suchte mir dennoch einzureden, dass meine Mutter nun etwas zur Ruhe kommen könne. Wir waren ihr auf die Nerven gegangen mit unseren guten Absichten, die sie kaum anders denn als Einmischung erfahren haben konnte oder besser: als eine schlecht verhehlte Form von Bevormundung. Nun konnten wir sie nicht mehr wahnsinnig machen, wenn wir alles erledigten, was sie doch gut und gern selbst in die Hand nehmen konnte. Nicht jedes Vergehen wurde sogleich bestraft, und sie verlor nicht mehr aus Angst vor einem Irrtum jede Selbstverständlichkeit in ihrem Tun und Lassen. Das hatte diese Angst bestätigt, und sie hatte nicht mehr gewusst, was sie tun sollte, wenn ihr von einem Augenblick auf den anderen alles so fremd vorkam und sie Panik heraufkommen fühlte. Nun, wo das alles vorbei war und sie wieder in ihre alltägliche Routine gleiten konnte, nun würde sie sich zweifellos wieder besser fühlen.

Doch, ehrlich gesagt, glaubte ich das selbst nicht. Das zeigte sich schon darin, dass ich mir die beruhigenden Gründe ständig von Neuem vorbringen musste. Wenn meine Gedanken während des Umzugs oder später bei der Einrichtung des neuen Hauses zu meiner Mutter abschweiften, sah ich sie immer in aufgeregtem Zustand vor mir, durch das Haus laufend, als ob ihr der Teufel auf den Fersen wäre. Und dann spulte die Argumentationsmaschine in meinem Kopf wieder den gleichen Wortschwall ab.

Nachdem wir nun nicht mehr da waren – nein, Unsinn, ich wusste, dass ich mir selbst was einzureden versuchte und dass es mit meiner Mutter nicht zum Besten stand, dass sie Hilfe brauchte, dass sie aber keine Hilfe ertragen konnte; dass sie sich schrecklich einsam fühlen musste, jedoch von jeder Gesellschaft irritiert war; dass sie sich nach ihren Kindern sehnte, dass ihr aber ihre Kinder wie verändert schienen, wie böse Stiefeltern.

Die Monate nach dem Umzug bestätigten meine bangen Vermutungen, wenn auch nicht so ohne weiteres. Ich wohnte jetzt zwei Kilometer von ihr entfernt, mit dem Fahrrad war ich in weniger als zehn Minuten bei ihr. So konnte ich bequem zu ihr fahren, ohne Ankündigung oder Verabredung.

Sie saß fast immer im Erker, sodass sie die Straße überblicken konnte, begrüßte mich überschwänglich winkend, bisweilen ohne aufzublicken, sobald sie die rasselnde Klingel eines Fahrrads hörte, das auf dem Pfad zur Haustür geschoben und abgeschlossen wurde.

Sie freute sich immer, mich zu sehen, und wusste nicht, wie sie es mir recht machen sollte. Sie lief in die Küche, um Kaffee zu kochen, und fragte mich nach Neuigkeiten, wie es den Kindern gehe und warum meine Frau nicht mitgekommen sei.

Wer es nicht besser wusste, konnte in meiner Mutter eine freundliche alte Dame sehen, vielleicht ein wenig vergesslich und deshalb mit dem Hang, sich zu wiederholen, doch insgesamt: eine liebenswürdige alte Dame, immer herzlich, interessiert und hilfsbereit, genau so, wie auch wir sie bis vor kurzem gekannt hatten. Aber mittlerweile wussten wir, dass der Schein trog.

Drei Monate hindurch hatten wir sie im fast andauernden Zustand mitleiderregender Hilflosigkeit erlebt, und ich wusste, die würde wiederkommen, wenn der Druck auf sie zunähme. Und das war der Fall, automatisch, wenn ich länger als fünf Minuten bei ihr war oder wenn wir zu zweit oder zu dritt waren. Dann nahm die Unruhe wieder zu, dann häuften sich die Irrtümer, die Fragen, die Fragen nach den Antworten, die sie nicht verstanden hatte, die Unsicherheit über die Verunsicherung.

Das Befinden meiner Mutter war also alles andere als stabil. Wer sie nicht häufig sah oder jeweils nur ganz kurz, hegte keinerlei Verdacht. Sie machte auch einen ganz normalen Eindruck, wie sie da auf ihrem Stuhl im Erker saß und durch eine mit schwenkbarem Halter am Stuhl befestigte Lupe auf ihre Stickerei oder das Rätselheft in ihrem Schoß blickte. Nachbarn wussten nur, dass Frau Offermans zwar wieder ein Jahr älter geworden, doch so gesund war wie in ihren besten Tagen. Diese Beobachtung war nicht einmal falsch, da sie ja nur für zufällige, flüchtige Kontakte galt.

Spielte meine Mutter denn Theater, um freundlicher zu wirken, als sie war? Eine Zeit lang habe ich das vermutet, aber nun nicht mehr. Meine Mutter war ihr ganzes gesundes Leben hindurch ein Muster an Ehrlichkeit gewesen, dafür kann ich meine Hand ins Feuer legen. Dass man überhaupt zu lügen im Stande wäre, sie selbst oder auch jemand anderes, das konnte sie sich einfach nicht vorstellen. Wahrscheinlich fehlte ihr dazu auch die nötige Fantasie und sicherlich die Gerissenheit. Die Liebe zur Wahrheit war ihr nicht so sehr ein ethischer Imperativ oder ein religiöses Gebot, wohl eher eine psychische Selbstverständlichkeit, meinetwegen ein geistiger Provinzialismus, dem sie allen Zwängen der Welt zum Trotz niemals entwachsen war.

Dass sie spielte, am Telefon oder wenn sie einem flüchtig Bekannten oder immer häufiger auch einem völlig Unbekannten zuwinkte, der in ihre Richtung schaute, will ich deshalb nicht so ohne weiteres behaupten. Auch das Wort Camouflage, das ich benutzt habe, ist zu sehr ein Produkt meines eigenen Argwohns. Ich glaube nun eher, dass es ihr immer nur für eine sehr begrenzte Zeit gelang, ihr Bewusstsein auf eine einzige Person zu konzentrieren. Danach verlief sich wieder alles in ihrem Kopf, so wie eine kompakte, um einen Redner versammelte Menschenmenge nach einem explosionsartigen Schrecken plötzlich zu einer chaotisch flüchtenden Meute wird.

Doch dass meine Mutter Hilfe brauchte, das war nicht länger zu übersehen. Zu ihrem und nicht weniger zu meinem Glück stand ich nicht allein da. Meine Mutter hatte sechs Kinder; mein Vater bleibt fast zwangsläufig ungenannt, weil er bereits 1971 im Alter von vierundsechzig Jahren gestorben ist, ein Vierteljahrhundert vor der Zeit, über die ich hier berichte. Meine Mutter war damals neunundfünfzig Jahre alt. Sie lebte also schon viele Jahre allein in dem Haus, in dem wir – meine beiden Brüder, drei Schwestern und ich – unsere Kinderjahre verbracht hatten.

Für uns war es selbstverständlich, dass wir unserer Mutter jede Hilfe zu leisten suchten, die nötig war. Allerdings waren wir nicht alle in gleichem Maße von dieser Notwendigkeit überzeugt, und ebenso wenig waren wir dazu in gleichem Maße in der Lage. Drei von meinen Geschwistern wohnten zu weit entfernt, als dass sie öfter als gelegentlich zum Elternhaus kommen konnten. Und natürlich hatten wir alle auch unzählige eigene Pflichten und Hindernisse. Aber Gottseidank haben wir all diese Ungleichheiten nie auf die Goldwaage gelegt und auch niemals versucht, einen Plan zu entwerfen, nach dem der bleibende Aufwand für unsere Mutter akkurat gleichmäßig auf uns verteilt und festgelegt worden wäre.

Von einer gleichmäßigen Aufteilung der Fürsorge

konnte also nicht die Rede sein, geschweige denn von abschließenden Plänen für eine Versorgung. Wir hatten auch begriffen, dass »Sorge« keine statische, schematisierbare Größe ist. Wir konnten ja nicht erwarten, dass unsere Mutter sich bei ihren Stürzen und Verstauchungen und bei ihren Wahnvorstellungen nach unserer jeweiligen Verfügbarkeit richtete. Wir waren also zu Improvisationen gezwungen, aber dazu nur in bescheidenem Ausmaß in der Lage. Zwar war das Betreuungsteam guten Willens – das schien uns zunächst einmal das Wichtigste zu sein – und insgesamt davon überzeugt, es sei notwendig und möglich, unserer Mutter zu helfen, sowie fest entschlossen, sie so lange wie möglich vor der professionellen Fürsorge zu bewahren, am liebsten bis zum bitteren Ende.

Doch entbrannte dann bald eine Diskussion über die Frage, welche Betreuung denn eigentlich die beste sei. Es gab da zwei Auffassungen – das ist ein wenig zugespitzt, denn in Wahrheit war die Trennlinie ziemlich diffus –, die ich der Einfachheit halber die optimistische und die skeptische nenne.

Die Optimisten waren der Meinung, es stehe um unsere Mutter wohl nur halb so schlimm; sicherlich brauche sie einige Zuwendung, doch sollten wir das nicht übertreiben. Konsequenz sei in diesem Stadium das Wichtigste. Mit unzweideutigen Vorschriften und zielgerichteten Übungen müsse es möglich sein, sie noch weitgehend selbständig zu halten. Die Skeptiker glaubten nicht, dass es bei unserer Mutter noch viel zu verbessern und wiederherzustellen gebe, wir sollten uns besser in unser Los fügen und unsere

Energie darauf richten, die Umstände möglichst angenehm zu gestalten und Unfällen vorzubeugen.

Die Trennlinie zwischen den beiden Ansichten hatte freilich auch eine geografische Dimension, nämlich: Je weiter entfernt vom Haus der Mutter einer wohnte und je seltener und kürzer deshalb natürlich seine Besuche waren, desto optimistischer fiel seine Einschätzung ihrer Situation aus – unter einer festeren Regie könne unsere Mutter noch gut zu einer ganz anderen Auffassung ihrer Rolle angeleitet werden. Wer näher wohnte, sie täglich oder beinahe täglich sah, hatte weniger Zutrauen in eine so strenge Behandlung und war, mit allen Zweifeln, von der Unabwendbarkeit des Schicksals der Mutter überzeugt – und noch stärker davon, dass sie daran keine Schuld trug.

Ich gehörte demnach zu den Skeptikern. Meine Mutter spielte kein Theater. Ihre Hilflosigkeit war keine Bequemlichkeit und kein Geltungsbedürfnis, wie das im Fürsorgejargon so heißt. Sie konnte ganz einfach nicht anders. Auf den ersten Blick vertraten die Optimisten sicherlich den humansten Standpunkt, indem sie die Mutter trotz aller Gebrechen für voll nahmen. Mir schien es schließlich viel humaner zu sein, sie nicht mehr für voll zu nehmen. Mit hochgespannten Erwartungen tat man ihr keinen Gefallen, sie ließen alles nur noch schlimmer werden. Eine gewisse Nachgiebigkeit schien mir vernünftiger zu sein.

Doch hätten wir es all die Jahre nicht geschafft ohne meine jüngste Schwester, die ebenfalls in der Nähe wohnte und in dieser Sache eher skeptisch als optimistisch war. Stets munter und hilfsbereit – und so das Ebenbild unserer Mutter in besseren Zeiten – übernahm sie still für sie immer mehr Arbeiten im Haushalt. Sie erledigte die mühevollen Besorgungen, machte die Termine mit dem Augenarzt, kaufte die Geschenke für ihre Nichten und Neffen, sorgte dafür, dass ihre Mutter saubere und passende Kleider trug. Und weil sie weitaus am besten übersah, was die Mutter an Hilfe benötigte, war sie auch die geeignete Person, um die verschiedenen Hilfsdienste zu koordinieren. Wenn meine Mutter nach ihrer eigenen Mutter fragte, was sie nun immer öfter tat, hatte sie wohl meine jüngste Schwester im Sinn.

Unserer empfindsamen Teilnahme zum Trotz geriet meine Mutter immer tiefer in das Gefängnis ihres eigenen Kopfes. Der Fernseher blieb zwar den ganzen Tag über eingeschaltet, sie schaute jedoch kaum hin, außer bei dem Worträtselspiel *Lingo*, täglich um sieben Uhr, das wollte sie um kein Geld in der Welt verpassen, und daran musste man sie eigenartigerweise auch fast nie erinnern.

Den Moderator, ein gemütlicher Dicker, der immer über alles lachte, fand sie großartig. Aber der war nebensächlich, es ging ihr wohl tatsächlich um das Spiel. Sie war darauf ganz versessen. Sie spielte begeistert mit, kommentierte alles, beschimpfte träge Mitspieler als Dussel und Idioten und war mit ihren Reaktionen nicht nur häufig viel schneller als die Teilnehmer im Studio, sie erriet auch noch ebenso oft das richtige Wort.

Es war mir klar, warum sie dieses Spiel nicht missen

wollte. Sie musste es wohl als einen täglichen Test erleben, den sie im Gegensatz zu fast allen anderen Tests, die das Leben ihr permanent abforderte, mit gutem Erfolg bestand, auch als einen Beweis dafür, dass die Welt sich noch nicht in jeder Hinsicht als unerkennbar von ihr abgewandt hatte. In der Aufregung des *Lingo* kam sie wahrscheinlich sogar zum Frieden mit sich selbst.

Die Zeitung dagegen konnte sie nicht mehr begeistern, sie blieb immer häufiger ungelesen. Das galt auch für die Post: Briefe öffnete sie nicht mehr, Werbesendungen warf sie sofort weg. Aus den Zeitungen bildete sie einen ordentlichen Stapel am äußersten Ende des Esstisches, wo sie sich früher zum Lesen niedergelassen hatte. Die Post mache sie nervös, sagte sie, die Bettelbriefe ließen sie verrückt werden, total verrückt.

Jahre hindurch hatte sie für Unicef und den Krebsfonds, für eine Missionsstation der Redemptoristen in Burundi und ein Schulprojekt der Schwestern vom Kostbaren Blut Christi in Kolumbien gespendet, doch nun, vielleicht auch weil die Zahl ihr nicht mehr bekannter Absender von Hilfsorganisationen ständig und rasch zunahm, wusste sie nicht mehr, was sie da tun musste, und das bekümmerte sie. Sie konnte diese Menschen nach all den Jahren doch nicht so einfach im Stich lassen. Das fanden wir auch, und so entlasteten wir sie von dieser Aufgabe, und einer von uns erledigte fortan die ganze Post. Doch damit war das Problem nicht gelöst. Sooft wir ihr auch sagten, alle Briefe würden beantwortet und niemand in Afrika oder in Südamerika müsse ihren Beitrag vermissen, ihr Gewissen quälte sie weiter wie ein Phantomschmerz der tatsächlich verschwundenen Verpflichtungen.

Meine Mutter war immer eine beflissene Zeitungsleserin gewesen. Abgesehen von Unglücksfällen und Katastrophen hatte alles ihr gleichmäßiges, wenn auch oberflächliches Interesse gefunden. Jahrelang hatten wir einander Abend für Abend angerufen, meistens so um elf Uhr, und zunächst das Neueste vom Tag beredet, es sei denn, in unserer unmittelbaren Umgebung waren interessante Dinge passiert. Wenn sie in der Zeitung auf etwas von mir oder über mich gestoßen war, meist noch bevor ich es selbst gesehen hatte, dann konnte sie nicht so lange warten und wollte gleich wissen, wie ich denn dazu gekommen sei oder was ich davon hielte.

Jetzt musste man sie auf die Artikel hinweisen, sie suchte die bekannten Namen nicht mehr. Sie wusste auch nicht mehr, dass ich für die Zeitung schrieb, ja dass ich überhaupt schrieb. Der Augenblick, in dem sie diesen Erinnerungsverlust ganz undeutlich wahrnahm – der Argwohn war ihr vom Gesicht abzulesen –, muss zu den für sie peinlichsten ihrer Selbsterkenntnis gehört haben.

Wir sprachen über die Unterschiede zwischen orientalischer und westlicher Kunst, und jemand verwies auf mein Buch über Paul Klee, worauf meine Mutter erstaunt aufblickte: »Ein Buch über wen?« »Über Paul Klee«, sagte ich, »das Buch, das ich dir und Vater gewidmet habe.« Aber nein, davon wisse sie nichts mehr, gar nichts mehr, wir versuchten ihr doch hoffentlich nichts weiszumachen. Einen Augenblick darauf wankte sie, völlig aus dem Lot gerissen, als ob ihr nun doch ganz entfernt etwas schwante, auf den Stoß Bücher auf der Anrichte zu, in dem mein Buch über Klee seit Jahr und Tag lag. Sie nahm es in die Hand, schlug es auf, las nach einem fahrigen Suchen die Widmung laut vor, erschrak über ihre eigenen Worte und klappte das Buch fassungslos wieder zu.

Der Stapel der ungelesenen Zeitungen wurde immer höher, bis einer von uns sie in einem Pappkarton hinter der Kellertreppe deponierte. Versuche, sie doch noch zum Lesen zu bewegen, in der Hoffnung, dass sie wenigstens noch über einige Drähte mit dem Knäuel von Ereignissen um sie herum verbunden bliebe, waren völlig ergebnislos. Sie könne all dieses Leid in der Welt nicht mehr ertragen, sagte sie jetzt öfter – was ja zweifellos nicht so abwegig war.

Aber immer häufiger gab sie auch ihren Augen die Schuld. Sie sehe in letzter Zeit so schlecht, sie müsse doch unbedingt mal zum Augenarzt. Sie sah wirklich schlecht, aber daran konnte der Augenarzt nichts mehr ändern.

Meine Mutter hatte kurz zuvor zwei erfolgreiche Staroperationen hinter sich gebracht, sie konnte sich aber daran nicht mehr erinnern. Ihr Sehvermögen war trotzdem alles andere als perfekt, es gab einen Verschleiß, der auch durch eine stärkere Brille nicht gebremst werden konnte. Doch so furchtbar schlecht waren ihre Augen wohl doch nicht. Sie konnte beim Fernsehen die Textleisten gut lesen, und sie konnte auch noch ohne Lupe ausgezeichnet ihre Kreuzworträtsel lösen, ihre Augen und ihr Gedächtnis ließen das zu. Letzteres erschien mir geradezu verblüffend.

Der Schwierigkeitsgrad ihrer wöchentlichen Rätselhefte hat in dieser ganzen Zeit nur um einen Punkt abgenommen – von fünf auf vier, er lag noch immer nur um einen Punkt unter dem höchsten Niveau –, und das, als sie die Gesichter von Politikern und anderen Berühmtheiten im Fernsehen schon längst nicht mehr erfasste. Auch die schwierigsten Wörter kamen ihr da ohne Zögern in den Sinn, wie konditionierte Reflexe. Sagte sie so ein Wort laut vor sich hin, was sie meistens tat, so schien es sich fast gleichzeitig von ihr zu entfernen. Sie blickte hoch, als ob es da noch irgendwo in der Luft hinge, wiederholte das Wort in fragendem, erstauntem Ton, und dann brauchte sie noch eine ausdrückliche Bestätigung, bevor sie es einzutragen wagte.

Doch die Zeitung – da ging nichts mehr. Ihre Augen seien so schwach geworden, klagte sie den lieben langen Tag, wir sollten doch auf jeden Fall noch einen Termin beim Augenarzt ausmachen.

Als Ausflucht kann ich das nicht bezeichnen. Die Wahrheit war, dass sie tatsächlich nicht mehr gut sah, aber vor allem begriff sie nicht mehr, was sie sah und las. So wie sie die Logik von Filmsequenzen nicht mehr erfasste, konnte sie auch längeren, irgendwie komplexeren Gedankengängen nicht mehr folgen. Mit unbewegten Bildern und einzelnen Wörtern hatte sie kaum Probleme, mit allem, was sich bewegte, was Veränderungen hervorrief, desto mehr. Das hat zum Teil mit der nachlassenden Aufnahmekapazität zu tun – kein Gedanke blieb lange genug, um ihn noch mit dem folgenden verknüpfen zu können –, aber sicherlich auch mit einer rasch schwindenden Kenntnis der Welt. Das Neue verband sich nicht mehr mit dem Vertrauten, es war in wachsendem Maße absolut neu und damit unbegreiflich.

Jetzt verstehe ich auch, warum ein früherer, gutgemeinter Vorschlag zu nichts geführt hat und sie wohl eher auf eine schmerzliche Erkenntnis gestoßen als ihr geholfen hatte.

Seit Anfang der achtziger Jahre verbrachte meine Mutter einen Teil des Winters, sechs oder acht Wochen, im südlichen Spanien, zusammen mit einer ihrer Schwestern und einigen Bekannten. Weil ich nun dachte, sie müsse sich dort in den trübseligen Touristenkolonien zu Tode langweilen, hatte ich ihr vor ihrem letzten Abflug im Januar 1995 einen von Eigeninteresse nicht ganz freien Vorschlag für eine angenehme Beschäftigung gemacht.

Sollte es nicht anregend und aufschlussreich sein, einmal ein wenig in ihren frühesten Erinnerungen herumzustöbern? Die Ereignisse, die Jahre, die Namen schienen mir weniger interessant, außerdem kannte ich die ja zur Genüge, aber von all dem unbekannten Dazwischen wusste ich so gut wie nichts. Die frühesten Schulerinnerungen, die Einrichtung der Klasse, die Bücher, die Hausaufgaben; die Gerüche und die Farben der verschiedenen Elternhäuser; wie, was und mit wem sie als Kind gespielt hatte; die Nonnen später auf der höheren Schule und im Internat; die Ferien, die Reisen, die ersten Freunde – wie gern würde ich alle ihre Notizen darüber lesen! Und diese Bruchstücke einer wiederentdeckten Kindheit sollten ihr, wenn auch mit Wehmut durchsetzt, ein Gefühl von freudiger Genugtuung geben, sicherlich auch, wenn sie dort mit ihrer Schwester darüber sprechen konnte.

Doch das war gar nicht gut angekommen. Als ich mich später noch einmal behutsam danach erkundigte, reagierte sie abweisend. Ach nein, danach habe der Kopf ihr nicht gestanden, und im Übrigen gebe es über diese Zeit überhaupt nicht so viel Fesselndes zu erzählen. Ich war ziemlich enttäuscht, wollte sie aber auch nicht dazu drängen.

Inzwischen weiß ich, dass meine Mutter zu diesen niemals nachdrücklich erfassten Erinnerungen damals auch selbst kaum noch einen Zugang gehabt hat. Was sie noch wusste, waren höchstens Reste späterer Erzählungen, die nicht einmal alle von ihr selbst stammten. Alles, was nicht immer wieder durch diese Erzählungen in Umlauf gebracht und verändert worden war – ausgerichtet an den seelischen Bedürfnissen der damaligen Erzähler –, schien unwiederbringlich verschluckt zu sein von den Nebeln der Zeit.

Es wird immer wieder behauptet, dass zwar das Kurzzeitgedächtnis des schwachsinnig werdenden Menschen schrumpfe, sein Langzeitgedächtnis dagegen lebendig bleibe, vielleicht sogar besser werde, dass sozusagen der Verlust des kurz zuvor Geschehenen aufgewogen werde durch das Geschenk der wiedergefundenen, vielleicht sogar ungefragt aufsteigenden Jugenderinnerungen. Das scheint mir eine Illusion zu sein. Vielleicht wurde meine Mutter noch gelegentlich von unbewussten Erinnerungen heimgesucht, die Quelle für einen Bilderstrom von auch nur annähernd Proust'scher Deutlichkeit waren sie jedoch nie.

Schlimmer noch: Ich glaube, meine Mutter muss schon sehr früh gefühlt haben, dass ihr autobiografisches Gedächtnis, die Fähigkeit, frei und bewusst über die Erinnerungen an das eigene Leben zu verfügen, zu schwinden begann. Sie war auch nie eine große und mitreißende Geschichtenerzählerin gewesen, und das eine soll ja mit dem anderen zusammenhängen. Geschichte hat sie – wie ich mich jetzt entsinne – als Kind ganz abscheulich gefunden. Neueren neurobiologischen Erkenntnissen zufolge kommt das autobiografische Gedächtnis als letztes und am langsamsten von allen Teilen, aus denen das Gedächtnis besteht, zur Entwicklung, etwa zwischen dem dritten und vierten Lebensjahr – nicht zufällig in der Zeit, in der das Kind anfängt, von Ereignissen in seiner eigenen Vergangenheit zu erzählen – und der späten Adoleszenz. Ich fürchte, dass es als erstes auch wieder verschwindet.

Was freilich wiederkehrte, wenn auch eher in Gestalt von Spukbildern denn als bewusste Erinnerungen, war der Glaube. Der war allerdings meiner Mutter niemals ganz verloren gegangen. Wir waren katholisch, im Süden der Niederlande unvermeidlich, aber eher undogmatisch und gemäßigt, wie beinahe jeder in dieser Region. Als wir, die

Kinder, uns eines nach dem anderen ohne viel Aufhebens von unserem Glauben verabschiedeten, haben unsere Eltern das auch ohne Aufhebens akzeptiert, wiewohl sie selbst zumindest sonntags weiterhin zur Kirche gingen.

Mein Vater war auf eine beinahe pantheistische Weise religiös, er schwärmte von den Wundern der Natur und der Kunst, von der Kirche hielt er Abstand. Der Glaube meiner Mutter war vor allem praktischer und sozialer Natur, aber sie hielt sich bedachtsam an die kirchlichen Regeln, wohl eher aus Pflichtgefühl denn aus innerer Überzeugung. Und just dieses Pflichtgefühl nahm in letzter Zeit neue, rigide Formen an, die zugleich rührend und komisch waren.

Vor dem Essen laut beten, wie in unseren Kinderjahren, das hatten wir lange nicht mehr getan. Doch in den letzten Jahren hatte meine Mutter diese Gewohnheit so mir nichts, dir nichts und ohne Diskussion wieder eingeführt. Auch als niemand zustimmte, setzte sie es durch: »Ave Maria, voll der Gnaden, bitte für uns Sünder«, langsamer und deutlicher denn je, als ob sie mit dem Einsatz aller magischen Kräfte den Abfluss der Bedeutungen aus den Worten zu verhindern suchte.

Sie betete wie nie zuvor. Wenn sie jemals Hilfe nötig hatte, dann jetzt. Vor und nach dem Essen schlug sie ein Kreuzzeichen, groß und erhaben, das der Herrgott kaum übersehen konnte. Vielleicht wollte sie auch Buße tun für die fast versteckten oder ganz unterbliebenen Kreuzzeichen von uns, der atheistischen Brut, mit der sie das vom Herrn gewährte Brot teilte.

Viel peinlicher war ein anderes Geschenk des herkömmlichen Gedächtnisses: die katholischen Fastenregeln. Am Freitag, dem Tag, an dem Christus am Kreuz gestorben ist, sind Katholiken verpflichtet, kein Fleisch, sondern Fisch zu essen, eine Gewohnheit, an die sich meine Mutter das ganze Leben gehalten hat, und zwar ohne Erklärung, sodass wir kaum wussten, woher dieses Verbot kam und was es bedeutete, geschweige denn, dass uns die Strafen für eine Übertretung bekannt gewesen wären. Und falls meine Mutter das selbst einmal gewusst hatte, so jedenfalls nun nicht mehr.

Doch als ob sie sich für diese Vergesslichkeit bestrafen wollte und auch für wer weiß noch welche anderen religiösen Nachlässigkeiten, beachtete sie nun strikt das freitägliche Fleischverbot, Ausnahmen und Lockerungen kamen gar nicht in Frage. Um sicher zu gehen, fragte sie endlos Tag um Tag, welcher Wochentag denn heute sei, es könnte ja Freitag sein, und freitags, so schien es, würde sie lieber hungern als Fleisch essen. Wenn wir sie beruhigten und sie dabei einen Hauch von Spott spürte, dann wurde ihr Verdacht sofort hellwach: Wir wollten ihr wohl was vormachen, und es war heute wohl doch Freitag, dann brauchten wir den Tisch für sie gar nicht erst zu decken.

Ähnliche Szenen spielten sich ab, wenn es um das kirchliche Gebot der Nüchternheit vor der Kommunion ging. In unserer Kindheit galt die Pflicht als eindeutig und klar, und da gab es nichts zu feilschen: An dem Tag, an dem man den

Leib Christi – symbolisch oder wirklich, das war in der katholischen Theologie lange umstritten – in der Form der Hostie empfing, musste man ab zwölf Uhr nachts nüchtern bleiben. Punktum! Später, in den sechziger Jahren, als die Kirche sich flexibel der ganz neuen Großzügigkeit der Sitten anpasste, kamen weniger strenge Regeln für Kranke und alte Menschen auf. Und schließlich – ich glaube, irgendwann in den siebziger Jahren – wurde das Nüchternheitsgebot für alle aufgehoben, nur in der letzten halben Stunde vor der Kommunion sollte man nichts mehr essen.

Meine Mutter glaubte das alles nicht. Wie wir zu dieser absurden Idee kämen, sie hätte man das nie gelehrt. Empörung und Verzweiflung gingen Hand in Hand. Wir mochten den Frühstückstisch am Sonntagmorgen noch so unbekümmert und routiniert decken, meine Mutter fragte doch eigensinnig, ob das denn nun in Ordnung sei, so einfach was essen und dann doch zur Kommunion gehen. Späterhin fragte sie nichts mehr, wir konnten reden, so viel wir wollten, das half alles nichts, sie presste die Lippen aufeinander. Bis einer von uns auf die Idee kam, eine Beglaubigung beizubringen von der höchsten lokalen kirchlichen Stelle, dem Dechanten. Der wurde im Beisein unsrer Mutter angerufen, war aber gerade nicht erreichbar, nur seine Haushälterin. Vor unserer Mutter taten wir so, als ob er in unserem Sinne entschieden habe. Sie dürfe bis eine halbe Stunde vor der Kommunion ruhig etwas essen. Das half für ein einziges Mal.

In den folgenden Wochen musste das Ritual notgedrungen wiederholt werden. Dass wir den Dechanten doch schon in der letzten Woche angerufen hatten und nicht immer wieder lästig werden konnten, das ließ sie nicht gelten. Nach einem neuerlichen, diesmal fingierten Anruf aß sie ihre beiden Schnitten Brot mit langen Zähnen und schaute uns bei jedem Bissen schuldbewusst und anklagend an.

Als sie uns nach einer Weile der wöchentlichen telefonischen Konsultation zu misstrauen begann, blieb uns nur noch ein einziges Mittel, sie zu überzeugen: die gelockerten Fastenregeln schwarz auf weiß auf Papier, so offiziell wie möglich. Wir wandten uns an den Dechanten und legten ihm unser Problem vor. Die traurige Ironie der Angelegenheit nahm er gar nicht wahr, er fühlte sich durch den unzeitgemäßen Fall von Gewissenszweifeln altmodisch ernst genommen und reagierte dankbar und stilvoll. Anstelle des erwarteten Gekritzels in einem Notizheft besorgte er ein echtes Dokument auf Bütten, mit Unterschriften und Stempeln versehen.

Der offizielle Dispens – dieses Wort war von weither lesbar – hat noch eine Zeit lang die gewünschte Wirkung gehabt, bis schließlich niemand und nichts mehr vermochten, meine Mutter zu beruhigen. Je nun, wenn wir das so sähen – aber sie glaube nichts davon, das sollten wir nur ja nicht denken.

Verzweifelt aß sie ihre zwei Schnitten, verzweifelt stolperte sie am Arm von einem von uns zur Kirche, verzweifelt öffnete sie eine halbe Stunde später ihren Mund, um die Hostie von dem diensttuenden Geistlichen entgegenzunehmen, verzweifelt fragte sie wiederum eine Stunde später, beim Kaffee, was heute denn für ein Tag sei, ob sie nicht zur Kirche müsse, ob sie denn jetzt Kaffee trinken dürfe, ob wir den Dechanten nicht anrufen sollten, sie dürfe doch sicher keine Plätzchen essen.

MEINE MUTTER WOHNTE SEIT 1946 in dem – von der Straße aus gesehen – rechten von drei gleichförmigen Häusern, die ihre Mutter, also meine Großmutter, 1933 für ihre drei Töchter hatte bauen lassen. Im mittleren Haus wohnte ihre um drei Jahre jüngere Schwester, unsere Tante Alice, das linke Haus war für die um neun Jahre jüngere Schwester bestimmt gewesen, die Tante Henriette, doch die war schon sehr früh, im Alter von kaum siebzehn Jahren, in den Westen gezogen und, zumindest für uns Kinder, von der familiären Bühne abgetreten. Umso enger war der Kontakt zu Tante Alice.

Die beiden Schwestern hatten somit nicht nur ihre Kinderjahre zusammen verlebt, sie blieben auch noch als Erwachsene fast das ganze Leben hindurch Nachbarinnen. Sie kamen außergewöhnlich gut miteinander aus und waren, glaube ich, sehr vertraut. Kein Wunder also, dass es da immer, auch schon, als wir noch Kinder waren, einen lebhaften Austausch gab.

Während unseres dreimonatigen Aufenthalts bei meiner Mutter hatte ich bemerkt, dass sie einander sehr stützten, aber auch, dass sie sich manchmal ungewollt gegenseitig auf die Nerven gingen. Sie lebten in ähnlichen Umständen; meine Tante hatte acht Kinder und war ebenfalls seit vielen Jahren Witwe. Aber obschon sie körperlich und geistig in einer erheblich besseren Verfassung war als meine Mutter, lief sie fast den ganzen Tag über stöhnend und ächzend hin und her zwischen ihrem Haus und unserem, wobei sie jederzeit durch die nicht abgegrenzten Hintergärten und die nur über Nacht zugesperrte Tür der Waschküche hereinkommen konnte.

Im Lauf der langen Jahre hatte sich der Umgang zwischen meiner Mutter und ihrer Schwester stark ritualisiert. So trafen sie sich wechselseitig Tag um Tag zum Kaffee, zwischen zehn und halb elf Uhr, wobei die Zeitangabe »Tag um Tag« immer problematischer wurde, auch für meine Tante. Über die Frage, wer denn »gestern« den Kaffee aufgegossen habe, konnten sie sich mühelos eine halbe Stunde lang streiten, bis meine Mutter meistens eine Lösung zu erzwingen suchte mit Hilfe des Abzählens: Montag Em, Dienstag Alice, Mittwoch Em etc. – wobei dann unvermittelt das Problem auftauchte, welcher Tag denn nun »heute« eigentlich war. Meine Vorschläge dazu wurden von Herzen willkommen geheißen und in die Diskussion einbezogen, jedoch nie als Argumente betrachtet, die den Ausschlag gaben. Manchmal gab die Zeitung, die zuoberst auf dem Stapel lag, die Auskunft, doch diese Art von Beweisführung vermochte ebenso gut einen neuerlichen Zwist einzuleiten.

Meine Tante war ein unvergleichliches Klageweib. Sie hatte acht Kinder, aber sie behauptete bis zum Überdruss, dass sie niemals eines sehe, wobei sie den Unterschied zu meiner Mutter kräftig herausstrich. Meine Mutter habe es doch wirklich gut getroffen, fand sie, mit ihren großartigen Kindern. Anschließend ging das Selbstmitleid unmerklich in eine Selbstanklage über. Sie habe ihre Kinder wohl nicht richtig erzogen, weil sie nun nie eines davon sah.

Es hatte keinen Sinn, ihr etwas zu entgegnen, und sei es auch nur, weil meine Tante, anders als meine Mutter, sehr schwerhörig war. Aber selbst wenn eines ihrer Kinder während einer solchen Jeremiade feixend und winkend vor dem Erkerfenster erschien, als eine Art Deus ex machina, dann hatte diese Erscheinung für sie nicht die Überzeugungskraft, die nötig war, um ihr Eigenbild als Erzieherin, die versagt hatte, in Frage zu stellen.

Kurios war für mich die Entdeckung, dass meine Mutter und meine Tante, sobald sie zusammen kamen, wie in einer chemischen Verbindung ihre Eigenschaften änderten. So wie meine Tante schon beim Anblick meiner Mutter in ein unaufhaltsames Selbstmitleid ausbrach, so sank meine Mutter in eine fast überirdische Ruhe und Gelassenheit.

Es gibt Menschen, die in einer Ehe oder einer Freundschaft immer weiter aufeinander zu wachsen, es gibt aber auch die anderen, die sich in ihren Unarten gegenseitig maßlos verstärken. Ist der eine von Natur ordentlich und der andere nachlässig, dann nehmen nicht selten sowohl die strenge Disziplin des einen – aus Verärgerung, aus Protest – wie das Laisser-faire des anderen – gleichfalls aus Verärgerung wie aus Protest – im Laufe der Jahre immer bösartigere

Formen an. So etwas war wohl auch bei meiner Mutter und meiner Tante der Fall.

Meine Tante entwickelte ihre wachsende Schwarzgalligkeit als Reaktion auf den lakonischen Optimismus meiner Mutter, und umgekehrt. Tante Alice übertrieb ihren Kummer in dem Maße, in dem meine Mutter ihn bagatellisierte.

Ob meine Mutter auch so vergesslich sei, wollte sie immer wieder wissen. Aber nein, sagte meine Mutter dann ganz selbstsicher, sie habe damit gar keine Schwierigkeiten.

Beide konnten nicht anders: Wenn sie sich zu nahe kamen, veränderten sie sich augenblicklich in kräftige Widerparte. Das musste wohl die Folge einer tief verwurzelten Anhänglichkeit sein, die sicherlich durch die Geschwisterkonstellation in den Kinderjahren entstanden war.

Ihre Eltern waren selbstbewusste Lehrer aus dem seeländischen Flandern gewesen. Sie waren nach Limburg gezogen, als der Vater dort Leiter einer Volksschule werden konnte. Er starb plötzlich 1922, noch nicht einmal vierzig Jahre alt. Meine Mutter war damals zehn, ihre kleinen Schwestern waren sieben und ein Jahr alt.

Ich glaube, meine Mutter ist damals schon Trost und Stütze ihrer jüngeren Schwestern gewesen und ganz besonders für Alice. Vor ihr durfte Alice sich gehen lassen, wohl wissend, dass ihr Vertrauen nicht getäuscht würde. Ich glaube, meine Mutter hat sich jederzeit für sie verantwortlich gefühlt, hat sie getröstet, ihr geholfen und Mut zugesprochen, vielleicht auch ihre Aufsässigkeit gedämpft.

Ich hatte eine Schwäche für meine Tante. Ich mochte ihr launen- und grillenhaftes Temperament, ihre Fantasie und ihr ästhetisches Empfinden, aber ich mochte sie auch wegen ihres Realitätssinns, den sie, vermutlich aus Mangel an spontanem Verstehen, nur noch durch Übertreibungen äußern konnte.

»Alt werden ist nicht lustig«, gab sie öfter als abschließenden Stoßseufzer nach einer ganzen Litanei von Klagen von sich, alt werden sei fürchterlich, davon könne ich mir jetzt noch keine Vorstellung machen, aber später würde ich sagen, sie habe recht gehabt, »nicht wahr, Em?« Aber Em tat dann so, als ob ihre Nase blute. Für sie war das bloß Getue.

In Wirklichkeit war meine Mutter schlechter dran als meine Tante. Sie verstand nichts mehr von der Welt um sie herum, während Alice, einmal abgeregt und ein wenig zur Ruhe gekommen, noch zu vernünftigen Erörterungen auf mancherlei Gebieten in der Lage war. Meine Mutter sah auch nicht mehr so gut, meine Tante dagegen konnte noch hervorragend sehen. Als meine Mutter eines Tages so wie immer von unserem Hund wedelnd begrüßt wurde, einem langhaarigen holländischen Hirtenhund, den wir soeben notgedrungen hatten scheren lassen und der sich dabei in ein nicht wiederzuerkennendes kahles Biest verwandelt hatte, hat sie nichts bemerkt. Tante Alice sah alles: neue Schuhe, einen leicht veränderten Haarschnitt, die Ergebnisse einer Diätkur – und immer folgte der Wahrnehmung ein Kompliment.

Manchmal, wenn sie am Sonntagmorgen mit zur Kirche

ging, meine Mutter stolpernd an meinem rechten Arm und meine Tante kräftig auftretend am linken, benannte sie am Weg zu meiner Verwunderung ohne Fehler alle Blumen und blühenden Sträucher, die Forsythien und die Hortensien, die Myrthen- und die Fliederblüten, und zwar mit derselben Leichtigkeit, mit der meine Mutter Rätselwörter aus dem Nichts hervorholte. Die aus dem Winterschlaf erwachende Natur belebte meine Tante, womöglich auch die Genugtuung, die geliebten Namen noch ohne alle Mühe parat zu haben.

Immer öfter kam meine Tante des Abends noch mal vorbei. Das lief auch immer mehr nach einem festen Muster ab. Wenn sie hereinkam, war sie verwirrt, häufig sogar in Panik. Den ganzen Tag habe sie noch nichts gegessen, sagte sie dann, sie wisse auch nicht, ob sie nicht noch von einem ihrer Kinder abgeholt werde, und darum habe sie noch keine Besorgungen gemacht. Doch wenn sie erst einmal saß und ihre Tasse Kaffee bekommen hatte, vollzog sich eine bemerkenswerte Metamorphose; sie erkundigte sich nach unserem Befinden und fragte besorgt, ob meine Mutter denn schon etwas gegessen habe, worauf sie all die Köstlichkeiten aufzuzählen begann, die sie sich selbst soeben aufgetischt habe; zwar schmeckte sie davon gar nichts mehr, aber jedenfalls hatte alles herrlich ausgesehen.

Wenn der Fernseher lief, wurde, wie schon immer, geredet, insbesondere von meiner Mutter. Ob wir den Mann da auf dem Bildschirm kannten, ob wir verstünden, was er da sagte, sie meinte »Fliesenleger« verstanden zu haben, aber nein, das war doch wohl nicht möglich, dass wir morgen mit Fliesenlegern rechnen müssten – »Fieselregen, Mama, wir müssen morgen mit Fieselregen rechnen.«

Meine Mutter litt an einem Reimzwang. Ihr Gehör war hervorragend, besser noch als meines, aber sie verstand nichts. Auf geheimnisvolle Weise, in einem Reflex, veränderte sie die aufgeschnappten Wörter in sich reimende, oft bedeutungslose Parallelwörter, mit denen sie dann reflexartig herausplatzte. Unsere korrigierende und selbstkorrigierende Hakelei, die sich danach unweigerlich einstellte, machte es für einige Minuten wieder unmöglich, der Sendung im Fernsehen zu folgen.

Lästig war auch eine andere typische Reaktion. Auf Frauen, die auf dem Bildschirm erschienen, insbesondere auf schöne Frauen, reagierte sie oft bissig und ablehnend. Hatten sie eine einigermaßen auffallende Frisur, dann wurden sie von meiner Mutter unerbittlich zum Friseur geschickt. Waren sie geschminkt, ganz normal oder auffällig, dann sollten sie sich doch morgens mal etwas besser waschen. Wenn die Damen dazu sehr redegewandt zu sein schienen, oder, noch schlimmer, wenn sie es wagten, dem (männlichen) Interviewer oder Gesprächspartner ins Wort zu fallen, dann konnten sie von Glück reden, wenn sie mit nichts Schlimmerem als mit »unverschämte Ziegen« disqualifiziert wurden.

Zunächst fand ich diese unbesonnenen Kommentare ärgerlich, später glaubte ich sie einigermaßen zu begreifen. Meine Mutter war schon in sehr jungen Jahren Erzieherin geworden, hatte allerlei Diplome erworben und dann Englisch unterrichtet. Abgesehen von den Jahren zwischen 1940 und 1951 hat sie ihr ganzes Leben lang vor der Klasse gestanden, von ihrem zwanzigsten bis zum fünfundsechzigsten Jahr. Als sei das die normalste Sache der Welt, hat sie Beruf und Familie jederzeit mit Energie und guter Laune unter einen Hut gebracht. Lautstarke Feministinnen waren für sie unverschämte und verzogene Ziegen.

Allein etwas ältere, insbesondere beleibte und bescheiden auftretende Frauen fanden in ihren Augen Gnade. Sonderbar genug – es war mir lange Zeit hindurch nicht aufgefallen – waren ihre kritischen Einwürfe im Ton schärfer, auch nicht ohne Hohn, wenn meine Tante zugegen war, die dazu neigte, auf Exzentrisches und Extravagantes mit Sympathie und übertriebener Bewunderung zu reagieren, schwärmerisch wie ein Teenager. Meine Tante, taub wie eine Wachtel, hörte das missbilligende Gemurmel meiner Mutter nicht, um so strenger nahm diese die begeisterten Aufschreie ihrer Schwester wahr.

War da vielleicht doch Rivalität im Spiel? Meine Mutter muss als junges Mädchen sympathisch und ausgeglichen gewesen sein, aber auch ein bisschen hölzern und linkisch, und sicherlich war sie nicht ausgesprochen hübsch gewesen, weniger hübsch und nicht so begehrenswert, weniger auf Glanz und Geltung bedacht als ihre beiden Schwestern. Die heirateten dann ja auch einen Anwalt von Rang und einen Selfmade-Textilfabrikanten, während meine Mutter sich zufrieden gab mit einem durch Armut, Krisen und Krieg in seinen Ambitionen gebrochenen Maschinenschlosser, einem

Mann übrigens, der, einfühlsam, bedächtig und fern jeder Eitelkeit, mehr intellektuelles Format besaß als seine akademisch gebildete Frau.

Vielleicht ist meine Mutter früher wohl doch ein bisschen eifersüchtig auf ihre jüngeren Schwestern gewesen. Vielleicht forderte das Gefühl jetzt, nachdem es jahrelang mit dem Mantel der Liebe bedeckt worden war, seine alten, ursprünglichen Rechte. Das fand ich ernüchternd, mehr als alle physischen Formen von Desillusionierung, mit denen sie uns unvermeidlich konfrontierte. Es war grausam zu sehen, wie sich nun solche Gefühle und Verhaltensformen einen Platz verschafften, die meine Mutter mit ihrem Verantwortungs- und Gerechtigkeitsgefühl und ihrer stillen, doch grenzenlosen Hochherzigkeit stets verabscheut haben muss.

Noch geschwätziger wurde meine Mutter, wenn sie getrunken hatte. Tante Alice tat man mit einem Glas Wein oder Sherry keinen Gefallen. Sie habe, sagte sie, nie getrunken, und warum sollte sie nun noch damit anfangen? Aus meinen Jungensjahren erinnere ich mich, dass meine Mutter nur sehr mäßig trank, so wie sie ja in jeder Hinsicht sehr maßvoll war, zum Teil aus Notwendigkeit bei den unsicheren Verhältnissen bis weit in die fünfziger Jahre, aber zweifellos auch aus Überzeugung. Solange irgendwo auf der Welt gehungert werde, gehöre es sich nicht, in Überfluss und Luxus zu schwelgen. Diesem Abstinenzprogramm ist sie immer treu geblieben, auch als das finanziell längst nicht mehr nötig war; nur was den Alkoholkonsum angeht, hat sie es nach und nach eingestellt, zunächst noch sehr zögernd, doch später, nach dem Tod ihres Mannes im Jahr 1971, immer ungehemmter.

Meine Mutter trank Sherry, notfalls auch Port oder Wein. Sehr lange hat sie selbst für einen Vorrat gesorgt, aber das wurde bald mühsamer. Die Zahl der herbeizuschaffenden Flaschen stieg immer mehr an, zudem war sie ja nicht mehr so gut auf den Beinen, sodass wir den Nachschub übernehmen mussten. Wichtiger aber war die Frage, wie ihr Trinken so halbwegs in Grenzen gehalten werden konnte. Natürlich gönnten wir ihr das Vergessen, das der Alkohol ihr bot, nichts lieber als das, aber der ließ sie oft nur noch hemmungsloser und unberechenbarer werden, und das war ja nun das Letzte, was wir erreichen wollten.

Was sie an gewöhnlichen Tagen konsumierte, war jahrelang gleich geblieben: als Aperitif um fünf Uhr oder um halb sechs ein oder anderthalb Glas; abends nach zehn Uhr zwei Glas. Ungefähr um halb zwölf ging sie dann zu Bett. Aber diese Menge stieg in der letzten Zeit schleichend an, wobei »schleichend« wörtlich genommen werden muss. Wenn wir nicht da waren, hatte sie natürlich freies Spiel, und wenn wir da waren, nutzte sie jede Abwesenheit, um ihr Glas bis zum Rand zu füllen. Und manchmal, wenn die Zeit es zuließ, war sie auch noch so gewitzt, schnell ein paar Schluck nachzugießen, sodass ihr Glas noch so voll schien wie kurz zuvor, als wir sie allein ließen.

Mehr als einmal kam ich noch während solch einer Blitzaktion herein, als sie den Korken schnell wieder auf die Flasche steckte oder hastig verspritzte Tropfen von der aufgeklappten Anrichte wischte. Anfangs konnte ich dann meinen Unmut über diese Heimlichtuerei nicht unterdrücken. Aber dann fand ich meinen Ausfall so beschämend und den Anblick meiner Mutter, ertappt wie ein kleines Kind, so schwer erträglich, dass ich beschloss, mir künftig lieber auf die Zunge zu beißen, als sie noch einmal so anzublaffen.

Doch mussten wir ihre Trunksucht bremsen, denn die war ja nicht ungefährlich. Wenn sie die Haustürklingel hörte oder ein Rummeln an der Veranda- oder der Waschküchentür, oder, häufiger noch, wenn sie meinte, so etwas zu hören, dann sprang sie nach alter Gewohnheit sofort auf, wobei sie nicht selten, vom Alkohol benommen, stürzte und sich dabei den soundsovielten Bluterguss im Gesicht und eine neuerliche Aufschürfung am Knie oder am Ellbogen zuzog. Um das zu verhindern, setzten wir sie auf Ration: vor dem Abendessen nicht mehr als zwei Glas, das erste nicht vor halb fünf. Nach dem Essen waren wir angesichts des vollen Magens etwas lockerer.

Doch die Regelung – ein Kompromiss zwischen den Optimisten und den Skeptikern – war kaum durchzusetzen. Zunächst einmal war sie ja große Teile des Tages allein im Haus. Ganz sicher würde sie das Trinken in den unbeaufsichtigten Stunden ausdehnen, und ganz bestimmt dann, wenn die Kontrolle in den übrigen Stunden strenger wurde. Dazu kam, dass wir zwar sagen konnten, zwei Glas als Aperitif und drei Glas nach zehn Uhr, das sei das absolute Maximum, aber das war für meine Mutter, selbst wenn sie es gewollt hätte, keine praktikable Abmachung: Jedes Glas war ihr erstes Glas. Und wenn wir einwandten, das sei ja das zweite, das dritte oder das vierte Glas, dann schaute sie uns ungläubig, doch auf eine entwaffnend naive Weise an, sodass wir schon aus Granit hätten sein müssen, um dem standzuhalten.

Diese missglückten Trinkabsprachen ließen mich an eine heitere Szene bei Samuel Beckett denken. In seinem Roman *Molloy* verständigt sich die Hauptperson mit ihrer blinden, stocktauben Mutter durch Tippen auf den Kopf: einmal tippen bedeutet »ja«, zweimal tippen »nein«, dreimal tippen »ich weiß es nicht«, viermal »Geld« und fünfmal »Adieu«. Doch der Weg von einmal zu viermal, stellte Molloy schon in der Übungsphase fest, war für sie viel zu weit, beim vierten Klopfen glaubte sie, das sei erst das zweite, weil die ersten beiden schon wieder aus ihrem Gedächtnis verschwunden waren. Die Mutter musste folglich wohl annehmen, Molloy sage fortwährend »Nein« zu ihr, was ganz und gar nicht seine Absicht war.

Was war zu tun, nachdem sich nun strikte Vereinbarungen wie auch eine Null-Toleranz-Politik als absurd erwiesen hatten?

Hilfe – das war meine Erfahrung – war nur ohne Druck möglich. Anders ging es nicht, andernfalls wurde meine Mutter fortwährend von einer krankhaften Neigung zu Wiederholung und Bestätigung gequält, etwa wie bei einer Paranoia. Mehr als alles andere wünschte sie sich, in einer Welt zu leben, in der alles so blieb wie immer, ohne unverständliche Veränderungen, ohne Vorsätze oder Hintergedanken. Aber gerade dieses Bedürfnis blieb in bedrückender Weise unerfüllt. Eine gewisse Nachgiebigkeit, zwar zielgerichtet, doch ohne laute Worte und ausdrückliche Zustimmung, konnte bei allem Unsinn das Chaos in ihrem Kopf womöglich noch etwas bändigen.

Da die Empfänglichkeit für ein Umerziehungsprogramm fehlte, wurden List, Lügen und Betrug notwendige Bestandteile einer humanen Versorgung. Meine Mutter wollte Ruhe in ihrem Kopf haben, diesen rasenden Cursor anhalten, den verrückt machenden Zwang zur Interpretation beenden – von diesem höheren Ziel sollten all unsere Handlungen geprägt sein. Die Frage war nur, was das praktisch bedeutete im Hinblick auf ihr dauerndes Verlangen nach einem Betäubungsmittel, nach dem Alkohol, nach Sherry.

Wir versuchten es mit verschiedenen Strategien, wechselten von ziemlich primitiven zu recht subtilen Taktiken. Wir versteckten die Flasche und erfanden jedes Mal eine Ausrede, wenn sie zu früh oder zu häufig ein Glas Sherry haben wollte. Ob sie auf die Ausreden hereinfiel, war nicht immer ersichtlich, sicher ist aber, dass sie diese Art von Fürsorge nicht sonderlich zu schätzen wusste. Wir gönnten ihr nichts, wir waren Halunken, warum hatten wir uns nicht rechtzeitig um neue Flaschen gekümmert?

Friedlicher war die Verlängerungsmethode: Wir gaben Wasser in den Sherry und konnten ihr dann wegen der Verdünnung ein oder zwei Glas extra zugestehen. Ob wir etwa eine neue Sorte besorgt hätten, fragte sie einmal, nun ja, lecker, diese neue Sorte. Und wenn wir sie allein lassen mussten, sorgten wir dafür, dass der Vorrat sich hinter Schloss und Riegel in einem für sie unzugänglichen

Schrank im Keller befand und die Flasche in der Anrichte den ihr zugebilligten Inhalt hatte. Die Methode war nicht unfehlbar, das wollten wir ja auch gar nicht.

An einem schönen Nachmittag im Mai tranken wir im Garten Tee, meine Mutter, Tante Alice und ich. Wir genossen die Frühlingssonne. Meine Mutter hatte ein Rätselheft auf dem Schoß, Tante Alice und ich beobachteten die Meisen und Amseln, die ruhelos hin und her flogen, von einem offenbar reich mit Würmern gesegneten Fleck im hinteren Teil des Gartens zu ihrer schreienden Nachkommenschaft in den Eiben- und Ligusterhecken. Um vier Uhr – sie hatte schon ein paar Mal gefragt, ob es denn noch nicht so weit sei – lief meine Mutter ins Haus, sie wollte endlich wieder mal die Tagesschau sehen.

Ich wollte gerade nach Hause radeln, um ein Buch zu holen, das ich am Abend lesen wollte. Ich war eben dabei, mich auf den Weg zu machen, und sagte meiner Mutter, ich sei um fünf Uhr wieder zurück, um fürs Essen zu sorgen. Zur Sicherheit schrieb ich das auch noch mit Riesenbuchstaben auf ein Blatt Papier und legte es gut sichtbar auf den Wohnzimmertisch neben die Fernbedienung des Fernsehers. Ich informierte auch meine Tante, die im Garten geblieben war. Bevor ich ging, brachte ich eine halb volle Sherryflasche von der Anrichte im Wohnzimmer zu einem Vorratsschrank in der Küche, wo ich sie zwischen den Essig- und Ölflaschen versteckte.

Ich stieg aufs Fahrrad, aber auf halbem Wege fiel mir ein,

dass Tante Alice vielleicht mit uns zu Abend essen wollte – dumm, dass ich nicht eher daran gedacht hatte. Ich fuhr zurück, um sie zu fragen, dann brauchte sie für sich selbst nichts vorzubereiten.

Als ich kurz darauf die Haustür hinter mir schloss und durch den Flur zur Küche ging, sah ich meine Mutter, die sich durch meine vorzeitige Rückkehr zunächst gar nicht stören ließ, mit einem triumphierenden Lächeln in den Garten eilen, in der rechten Hand ein Weinglas, randvoll mit Sherry. Ich wollte meinen Augen nicht trauen. Ich lief nach draußen, hörte Tante Alice gerade noch fragen, ob es der kleinen Em geglückt sei, als meine Mutter sich umschaute, mich sah, heftig erschrak und mich mit aufgerissenen Augen anstarrte. Auf meinem Gesicht muss ein Mischung aus Überraschung und Befangenheit gestanden haben, denn Tante Alice schaute mich an, merkwürdig selbstsicher, und sagte leise: »Wenn mein Schwesterchen was von mir haben will, dann kann ich doch nicht nein sagen.«

DOCH SO SEHR WIR UNS AUCH BEMÜHTEN, mit meiner Mutter ging es bergab, langsam, aber unübersehbar. Wenn wir sie nicht einer professionellen Fürsorge überlassen wollten, jedenfalls so bald nicht, dann mussten wir unsere Hilfen verstärken. Abgesehen von den Nächten und einigen verhältnismäßig sicheren Zeiten über Tag – morgens von zehn bis zwölf, mittags von ein bis drei Uhr, wenn sie ihr Mittagsschläfchen hielt – konnte man es nicht verantworten, sie allein zu lassen. Die Zeit der improvisierten Hilfen war vorbei, fortan musste es verpflichtende Pläne geben mit ständigen »Inspektionen«, die von den Möglichkeiten jedes einzelnen von uns abhingen.

Für meine Mutter war nun nichts mehr selbstverständlich. Ihre endlosen Fragen und unsere stetigen Antworten waren für sie unentbehrliche Markierungen geworden, um sich in ihrem eigenen Haus zurechtzufinden. Das Haus war zu einem Labyrinth geworden, ohne Wegweiser würde sie sich darin verirren. An den gebotenen Stellen hingen oder lagen nun Zettel, auf denen stand, wo sie sich gerade befand, wie etwas funktionierte oder wann jemand kommen würde.

Doch das half ihr nicht weiter, denn sie las die Zettel gar nicht, oder besser gesagt: sie begriff nicht mehr deren

Zweck, sie nahm gar nicht mehr wahr, dass es sich um für sie bestimmte Anweisungen handelte, und allmählich entging ihr auch die Funktion von zahllosen anderen Gegenständen. Auch das System der unwillkürlichen Bewegungen, die gesteuert werden von dem, was die Neurobiologen das prozedurale Gedächtnis nennen, wurde bei ihr immer schadhafter.

Schon das Auf- und Absteigen von Treppen war nun ausgeschlossen. Eigentlich war inzwischen jede Fortbewegung ohne Hilfe, im Hause wie draußen, nicht mehr zu verantworten. Sie erhielt eine Gehhilfe mit Rollen, aber zu spät. Das Gerät war für sie keine Hilfe, sondern eine Last. Mit gekrümmtem Rücken, keuchend und schnaufend, stolperte sie hinterdrein, als ob sie einen sperrigen Schubkarren bewegen müsste.

Notvorkehrungen im Haus waren unvermeidlich. Es wurde ein zusätzliches Treppengeländer eingebaut, bei schwierigen Stellen in der Treppenkehre wurden Handgriffe angebracht. Andere Erleichterungen – erhöhte Toiletten, ein Bad im Erdgeschoss (die Waschküche war dafür ausgesprochen geeignet) und ein Sesselaufzug an der Treppe – durchliefen die amtlichen Papiermühlen, die in diesem kaum Aufschub duldenden Fall langsamer mahlten als je zuvor und schon gar nicht fehlerlos. Viele Monate nach unseren ersten Initiativen trafen die Hilfseinrichtungen ein, bis dahin mussten wir uns mühselig behelfen.

Meine Mutter ins Bett zu bringen wurde zu einer besonders komplizierten Operation, die mit Erfolg nur zu bewältigen war, wenn sie quälend langsam durchgeführt wurde. Den ersten, geraden Abschnitt der Treppe hinauf ging es noch wie gewohnt, aufrecht und einen Fuß vor den anderen, doch in der Biegung vor dem erlösenden Treppenabsatz musste sie halb kriechend weitergehen, sich dann zunächst links an einem Haltegriff klammern und rechts zwei schräge Stufen aufwärts nehmen, ein Manöver, das eine genauer abgestimmte Koordination der Körperbewegungen erforderte, als sie sie zu leisten in der Lage war.

Sicherheitshalber hielt ich mich direkt hinter meiner Mutter, eine Hand am Geländer, die andere an der rechten Seite ihres Rückens und in der Biegung der Treppe auf ihrem Hintern, sodass ich Fehltritte oder ein Ausgleiten sofort auffangen konnte. Manchmal suchte ich unser Gestolper noch in einen gewissen Rhythmus zu zwingen durch das langsame Rezitieren von Kinderreimen, die ich vermutlich einmal von meiner Mutter gelernt hatte: »Eins zwei, süßer Brei; drei vier, saures Bier; fünf sechs, böse Hex« und so fort.

Auf slapstickartige Weise ging fünf Minuten später auch das Auskleiden vor sich. Dabei war Hilfe nötig. Meine Mutter verfügte nicht mehr über die Feinmotorik der Finger, die sie brauchte, um zunächst ihre Schuhe auszuziehen und anschließend die kleinen Knöpfe an ihrer Bluse und die größeren Knöpfe, die Schnalle und den Reißverschluss an ihrem Rock zu öffnen.

Doch der mühseligste Teil der Aktion betraf ihre Wäsche. Noch mit den viktorianischen Sitten der ersten Nachkriegsjahre aufgewachsen, war ich unmittelbar gar nicht vertraut mit der Nacktheit meiner Mutter und mit weiblicher Unterwäsche. Hatte ich deshalb anfänglich einige Scheu zu überwinden, so war meine Mutter dadurch überhaupt nicht irritiert, was aber noch keine Garantie bot für eine zügige Mithilfe ihrerseits.

Das war überhaupt das größte Problem: Meine Mutter besaß keine Routine mehr. Alles verlief schwerfällig, jeder Vorgang so, als ob sie ihn zum ersten Mal und angeleitet von einer unverständlichen, peniblen Gebrauchsanweisung ausführte. Regelmäßig verwickelte sie die Schulterbänder ihres Unterhemdes, das sie zu meiner Verwirrung wie Erheiterung immer noch »Hemdchen« nannte. Das Wort war gerade so formlos und lächerlich wie das damit bezeichnete Stück Stoff, auf das mir nun wirklich kein einziges Diminutiv zu passen schien.

Auch das Öffnen des Büstenhalters oder Korseletts, auf der Rückseite reichlich mit Haken und Ösen versehen, war keine mühelose Angelegenheit, um vom Finale ganz zu schweigen: Aus der Unter- und in die Pyjamahose zu steigen war ein Kunststück, das sie notgedrungen größtenteils auf einem Bein balancierend zu bewältigen hatte. Das gelang nur durch die Hilfe, die sie erhielt, wenn sie meinen Kopf mit beiden Händen fest umklammerte, was wiederum nicht besonders hilfreich war für die Zügigkeit und Sorgfalt, mit der ich das eine Stück Stoff nach unten zog und das andere in der richtigen Höhe und in der richtigen Weise zum Einschlüpfen bereithielt. Gar nicht so selten glaubten wir, diese Herkulesarbeit vollbracht zu haben, um dann, wenn meine Mutter sich aufrichtete und ich das Resultat unserer einträchtigen Plackerei begutachten konnte, feststellen zu müssen, dass sie mit beiden Beinen in einem Bein des Pyjamas stand.

In einem Slapstick treten keine dementen Frauen auf, sondern Clowns oder Schauspieler, die den Clown spielen. Trotzdem sind die Übereinstimmungen frappierend. Auch der Clown leidet an einer totalen Amnesie. Er ist sprachlos oder höchstens noch imstande, dumme Fragen zu stellen, wie die nach dem wohlbekannten Weg, oder verwundert aufzuschreien. Auch ist ihm jede Empfindung von Distanz und Dimensionen, von Verhältnissen und Gewichten abhanden gekommen. Sein Universum ist ein großes Versuchsfeld, alle seine Bewegungen haben experimentellen Charakter, alle seine Aktionen sind ein Schlag in die Luft. Zu keinem Ding hat er noch eine vertraute Beziehung, jeder Gegenstand ist ihm ein Hindernis, das er überwinden muss.

Das ist wirklich tragikomisch, man lacht unbändig und ist zugleich von Kummer zerrissen. Der Clown lebt in einer fremden Welt, mit seiner hilflosen Gestik und Mimik erinnert er uns an unser eigenes existenzielles Ausgesetztsein, unser Missverhältnis zur Welt, gibt uns einen Vorgeschmack davon, was wir vielleicht zu erwarten haben. Aber vorerst noch ist es uns unmöglich, diese Fremdheit in ihrem ganzen Umfang zu erfahren, selbst, am eigenen Leib, von innen her. Und sobald wir so weit gekommen sind wie meine Mutter, kann man die Erfahrung nicht mehr in Worte fassen.

Dennoch hatte meine Mutter, wenn sie einmal im Bett lag, Momente von verblüffender Klarheit. Das kam vielleicht von der Erleichterung, dass wieder ein Tag vorüber war, dass sie den alle psychische Reserven beanspruchenden Ringkampf des Auskleidens wieder mal überstanden hatte und nun endlich im Bett lag, ohne noch etwas tun zu müssen. Vielleicht auch aus dem Wissen, dass ich gleich, um das Ende des Tages und die wohlverdiente Ruhe zu feiern, für sie noch ein Glas Sherry holen würde und dass ich dann selbst, um das Fest zu vollenden, auch ein paar Schluck trinken würde, in einer Art von Kameradschaft in der Not, zu der ich tagsüber fast nie bereit war.

Aber wie auch immer, Tatsache ist, dass meine Mutter dann zuweilen, in einer schonungslosen Klarheit, Dinge sagte, die von einem herzzerreißenden Bewusstsein ihrer Situation zeugten, einem Bewusstsein, das ich absolut nicht mehr für möglich gehalten hatte. Für uns müsse es doch eine schwere Aufgabe sein, sagte sie dann, eine solche Mutter zu haben. Sie könne aber nichts dafür, dass sie nichts mehr wisse und nichts mehr könne, das müsse ich ihr schon glauben. Und auch, dass sie dankbar sei, dass sie uns habe, alle sechs.

Dann fasste sie meine Hand und begann aufzuzählen, wer denn alles zu »uns« gehörte. Vom Ältesten zum Jüngsten, zuerst der Name des Kindes, dann die Namen von Mann, Freund oder Frau der Kinder, dann die Namen der Kinder ihrer Kinder und zum Schluss deren Wohnorte. Wenn sie die Aufzählung, manchmal mit etwas Hilfe, zu einem guten Ende gebracht und ihr Glas getrunken hatte, wenn sie ihre letzte halbe Schlaftablette genommen und mir versichert hatte, dass sie im Bett bleiben würde, es sei denn, sie müsse dringend zur Toilette (im Bad nebenan), dann wünschte ich ihr eine gute Nacht, knipste das Licht aus und ging.

Wie sie es anstellte, weiß ich nicht, aber es kam vor, dass sie dann wieder begeistert am Schlafzimmerfenster stand und winkte, wenn ich mein Fahrrad bestieg und noch einmal zurückschaute. Auf entrüstete Gesten von mir entschwand sie dann manchmal aus dem Blickfeld, aber mindestens ebenso oft blieb sie schulterzuckend stehen, um anzudeuten, dass sie meine Gesten nicht verstehe, und öffnete dann für weitere Erklärungen das Fenster, ohne sich um Wind, Regen oder Schnee zu kümmern.

Mein Heimweg war somit stets von Hoffnung und Wünschen begleitet. Ich flehte darum, meine Mutter möge in einen traumlosen Schlaf sinken, schon in meinem eigenen Interesse, doch mehr als einmal hing sie dann wieder am Telefon – es gab auf ihrem Nachtkasten einen Apparat mit Vorzugstasten für alle ihre Kinder, mit ihren Namen –, kaum dass ich endlich richtig zu Hause war. Wer sie denn heimgebracht habe, fragte sie dann, meistens in Panik, wo sie denn nun sei, mit wem sie jetzt telefoniere, wo sie am Abend gewesen sei und wer sie dann nach Hause gebracht habe und wo sie jetzt sei. Es schien ihr ganz so, als werde sie verrückt.

Im Laufe des Jahres 2001 bekamen wir Hilfe vom Hauspflegedienst, von einer Krankenschwester, die meine Mutter ein paar Mal in der Woche wusch. Viel nützte uns das nicht, weil die Schwester stets von einem von uns ins Haus gelassen werden musste und der Zeitpunkt, zu dem sie kam, sehr variabel war. So konnte es passieren, dass wir bereits um neun Uhr zur Stelle waren, aber dann bis um elf Uhr auf die Pflegerin warten mussten. Der Ruhe meiner Mutter war die erzwungene Warterei ebenso wenig förderlich wie unserer Laune.

Obendrein konnte es jedes Mal eine andere Pflegerin sein, sodass wir fast immer mit denselben grundsätzlichen Informationen zu beginnen hatten und dadurch auf beiden Seiten kaum so etwas wie Routine entstehen konnte. Ein Vorteil bestand darin, dass wir bald merkten, dass die eine Pflegerin nicht wie die andere war. Da waren diejenigen, die den Auftrag zügig und freundlich erledigten, dann aber auch solche, die träge und ganz nach Vorschrift zu Werke gingen, ohne jedes Talent, das Auffassungsvermögen meiner Mutter behutsam tastend einzuschätzen. Das führte zu Missverständnissen und Irritationen, unvermeidlich sichtbar und hörbar für meine Mutter, die nur noch ganz direkt, ohne taktvolles Understatement oder Ironie, darauf antworten konnte, die aber noch immer eine zuverlässige Antenne für Herzlichkeit besaß.

Ach, wir schafften es auch gut ohne die Heimpflege, oder ehrlicher: Wir schafften es auch *mit* dieser Heimpflege nicht mehr.

Meine Mutter konnte nicht mehr allein sein. Wenn wir

mal eben für eine Besorgung aus dem Haus mussten, befand sie sich danach – zehn Minuten später – in voller Aufregung und warf uns vor, wir überließen sie ihrem Los, den ganzen Tag sei sie schon allein, sie hätte sich keinen Rat mehr gewusst.

Auch wir wussten uns allmählich keinen Rat mehr. Es blieb schließlich nichts anderes übrig, als laut über eine Einweisung ins Heim nachzudenken. Doch die Besichtigung eines Heims, das in Betracht kam, hatte eine dermaßen abschreckende Wirkung auf uns, dass wir die Diskussion darüber wieder einstellten. Mit wöchentlich einem halben Tag zusätzlich je Person sollten wir ihr dieses Elend erst einmal ersparen können. Doch einen halben Tag extra in der Woche für jeden – das mag bescheiden klingen, aber das war von keinem von uns noch zu leisten.

Zum Glück schien doch ein Kompromiss möglich: die Tagespflege. Wir wurden wieder von diversen amtlichen Damen und Herren aufgesucht, die meiner Mutter an Hand von langen Fragebögen unbarmherzig auf den Zahn fühlten. Schließlich kam die erlösende Mitteilung, sie könne kommen, zunächst zweimal die Woche von zehn bis vier Uhr und dann bald drei- bis viermal die Woche.

Das brachte einige Erleichterung, wenigstens uns, ob es dabei auch meiner Mutter besser ging, blieb abzuwarten. Ein schmerzendes Bein wurde von einem Physiotherapeuten behandelt, das schon, doch während der Stunde, bevor sie abgeholt wurde, und in der Stunde gleich nach ihrer Rückkehr war sie ruheloser denn je.

Zu Beginn des Jahres 2002 aber beschlossen wir,

etwas zu unternehmen. Nach einem weiteren ausführlichen Gespräch mit der Leitung des Pflegeheims wurde meine Mutter auf die Dringlichkeitsliste gesetzt, ganz unten, als zehnte. Das war am 8. Mai. Im Allgemeinen wurden in der Woche ein oder zwei Plätze frei, oder genauer: Pro Woche starben durchschnittlich zwei oder drei Insassen, und das hieß, dass meine Mutter vor Mitte Juni einziehen könnte. Und so war es dann auch: Am 12. Juni konnte sie kommen.

Das war allerdings schon sehr bald. Meine jüngste Schwester hatte zwar schon die erwünschte Kleidung und die Schuhe in Ordnung gebracht, aber wir waren doch noch nicht ganz auf den Wechsel vorbereitet. Ob wir den Termin nicht doch lieber verstreichen lassen sollten, fragte einer von uns; dann müsste unsere Mutter sich wieder unten einreihen. Wir hätten dann noch eine Frist von anderthalb Monaten – sollte das nicht besser sein? Nach dieser Zeit würden wir jedoch ebenso wenig darauf vorbereitet sein, und auch nach anderthalb Jahren noch nicht.

Schließlich hatten wir uns mit dem Gedanken abgefunden, dass man sich auf einen so endgültigen Umzug *niemals* völlig vorbereiten kann. Das galt für uns, und das galt vor allem für unsere Mutter. Allein die Vorstellung, dass sie sich auf etwas vorbereiten sollte, ganz gleich worauf, versetzte sie in Panik. Nicht umsonst fragte sie alle naselang, was morgen für ein Tag sei und ob morgen etwas Besonderes los sei. Der Gedanke an morgen, an jedes Morgen, machte ihr Angst, ließ in ihrem Kopf den Gedanken an vage, undurchschaubare Zumutungen und Verpflichtungen aufkommen, aber auch die Vermutung oder die angstvolle Gewissheit, dem nicht gewachsen zu sein.

Was mich betraf, so war jeder Tag gleich, und der Sonntag machte schon lange keinen Unterschied mehr. Von welcher geheimnisvollen Instanz die beiden Schwestern darauf hingewiesen wurden, weiß ich nicht, aber sie wussten am Sonntagmorgen immer, dass es wieder so weit war. Tante Alice lief in unserm Haus ein und aus, meine Mutter aß widerwillig ihre zwei Butterbrote. Oder sie presste ihre Kiefer fest zusammen, der gereizten Ungeduld zum Trotz, mit der wir ihr die inzwischen verblichene und fleckige schriftliche Dispens des Dechanten unter die Nase hielten.

Wenn der souveräne Mensch – nach Nietzsches unvergleichlicher Formulierung in *Zur Genealogie der Moral* – das Tier ist, das Versprechen machen darf, dann ist der demente Mensch dessen äußerster Gegenpol. Es fehlt ihm an allem, was ein Versprechen glaubwürdig macht: die Voraussicht, die konzentrierte Willenskraft, die Missachtung von allem, was ihn von seinem Ziel ablenkt. Doch schlimmer ist vielleicht noch, dass er auch als Adressat von Versprechungen nicht mehr in Betracht kommt. Denn schon kurz nachdem dieses Versprechen seine aufmunternde Arbeit in seinem Kopf begonnen hat, ist es schon wieder verschwunden. Auf nichts kann er sich anscheinend besinnen, von nichts scheint er zehren zu können. Aber soll das auch heißen, es sei sinnlos geworden, ihm überhaupt etwas zu versprechen?

Im Allgemeinen ist ein Versprechen auf ein mehr oder weniger fernes Ziel gerichtet, die unbestimmte Zeit davor hat man sich mit seinem traurigen Los abzufinden. Für das utopische Versprechen heißt das, dass das Ziel in keiner Weise bereits in den »Mitteln« vorhanden ist, im Gegenteil: Das Ziel heiligt die Mittel, wer später glücklich sein will, muss sich dafür jetzt abrackern und Verzicht leisten.

Der demente Mensch erinnert uns daran, dass gerade das utopische Versprechen falsch ist. Ein Versprechen abzugeben bedeutet ja nicht, dass wir uns gegen alle Opfer immunisieren, die seine Realisierung erfordert, sondern gerade, dass wir imstande sein müssen, etwas von seinem Inhalt schon hier und heute zu verwirklichen. In dem erinnerungslosen Universum des dementen Menschen gilt mehr als irgendwo sonst, dass das einzige nutzbringende Ziel eines ist, das in den Mitteln aufgeht, sodass der einzige Gewinn, den es dort zu holen gibt, einer für den kürzesten Zeitraum ist. Darauf muss sich demnach auch alles richten.

Kurz und gut: Wir beschlossen, unserer Mutter von der bevorstehenden Aufnahme in ein Heim nichts zu sagen. Das fiel uns nicht leicht. Mit dem Umzug meiner Mutter würde unser Elternhaus leer stehen und verkauft werden müssen. Dazu kam noch, dass der bewusste Tag, der 12. Juni, ausgerechnet der Geburtstag meines Vaters war, ein Jahrestag, der meiner Mutter sicherlich nicht bewusst war, aber beim bloßen Erwähnen des Datums konnte das vage Erinnerungen an ihn, womöglich auch an frühere Geburtstage wecken.

Am Abend des 11. Juni ging es im Hause sehr lebhaft zu. Häufiger als zuvor fragte meine Mutter, welcher Tag denn heute sei, öfter als sonst auch wollte sie wissen, ob es morgen etwas Besonderes gebe. Wir versuchten mehr als sonst, sie mit unserem Leugnen zu beschwichtigen.

An jenem Mittwoch im Heim, gegen vier Uhr, wenn sie sonst im Bus nach Hause gebracht wurde, sagten wir ihr, sie müsse wegen ihres schmerzenden Knies noch ein paar Tage zur Beobachtung und Behandlung dort bleiben. Das akzeptierte sie, der wirklich gefühlte Schmerz war offensichtlich ein Argument, das sie gelten lassen konnte. Für uns aber war das ein unsäglicher Verrat. Wir konnten nur hoffen, dass die Bedeutung von »ein paar Tage« sowie der Unterschied von »daheim« und »im Heim« für sie so verschwommen waren, dass sie den Verrat nicht als solchen empfinden werde.

Als ich an diesem Tag gleich nach dem Abendbrot nochmals zum Pflegeheim ging, schien das tatsächlich der Fall zu sein. Durch die Mattglasscheibe einer Tür sah ich meine Mutter in einer Gruppe von zehn alten Damen – nur zwei Männern war ich auf dem Flur begegnet – an zwei zusammengeschobenen Tischen sitzen, in der einen Hand ein großes Glas mit Sherry, die andere Hand wurde von ihrer Nachbarin gehalten. In einer Ecke des Raums stand ein eingeschaltetes Fernsehgerät, aber niemand schaute hin. Ich getraute mich nicht hineinzugehen, aus Angst, sie würde mich nicht wieder gehen lassen.

Als ich ganz vorsichtig die Illusion hegte, wir hätten uns vielleicht umsonst solche Sorgen gemacht, wurde die am nächsten Tag erbarmungslos zunichte. Ihre Abteilung, die Nr. 5, befand sich im ersten Stock und war nur zugänglich, wenn man den vierstelligen Code des Türschlosses kannte. Noch bevor ich die Tür geöffnet hatte, sah ich meine Mutter dort herumlaufen, allein, sehr erregt, mit verstörtem Blick. Sie klammerte sich sogleich an mich.

»Endlich«, sagte sie, »ich renne schon den ganzen Tag herum, um dich zu suchen, wo sind die andern, wir müssen fort von hier.« Ich fasste sie am Arm und versuchte, sie Schritt um Schritt in den Wohnraum zurückzuziehen und zu beruhigen.

Sie glaubte, es sei Krieg, nicht im übertragenen, sondern im blutig-ernsten Sinn des Wortes. Man habe sie gestern oder vorgestern gefangen genommen. Wie ich denn ungeschoren durch die feindlichen Linien gelangt sei, fragte sie aufgeregt, wie ich sie denn in Gottes Namen hier aufgespürt habe. Sie war davon überzeugt, sie habe etwas verbrochen, aber sie wusste nicht mehr, was; sie sei schuldig gesprochen und werde nun unablässig bewacht. Als ich mich bei einem Mitarbeiter erkundigen wollte, was denn passiert sei, zog sie mich an sich, ich solle doch nicht mit dem Feind paktieren.

Die bittersten Vorwürfe hatte ich zu verkraften, und von meinen Brüdern und Schwestern hörte ich später dasselbe. Auf beiden Seiten war der ohnmächtige Kummer größer denn je.

Redete meine Mutter wirres Zeug? Natürlich, bis zu einem gewissen Grade sicherlich. Doch ebenso gewiss hatte sie auch wohl »etwas« verbrochen, irgendwann, in ihren Kinderjahren oder wann auch immer. Schon seit langem verlangte sie angstvoll nach einem Beichtvater, warum, das wusste sie selbst nicht. Auch jetzt konnte sie sich der kausalen Verbindung von »Missetat« und Gefangenschaft unmöglich bewusst werden.

Ich glaube nicht, dass meine Mutter traumatisierende Erinnerungen an den Zweiten Weltkrieg hatte, die sie jetzt noch bedrängten. Zu Beginn des Krieges hatte sie geheiratet, in den folgenden Jahren zwei Kinder bekommen, als ob nichts geschehen wäre. Ich selbst bin zum Ende des Krieges, im Sommer 1944, gezeugt worden, als man das Gedröhn der alliierten Kanonen im Süden schon hören konnte. Vielleicht sind mein Vater und meine Mutter zueinander gekrochen aus Freude über die baldige Befreiung, vielleicht suchten sie aber auch Schutz beieinander, um die Angst zu unterdrücken.

Schließlich hat meine Mutter vom Krieg kaum etwas mitgekriegt. Verfolgung und Widerstand, Verrat und Hinrichtungen – das alles musste ihr vor allem durch Berichte aus zweiter Hand bekannt geworden sein, nicht viel anders als mir auch.

Doch wer wollte es wagen zu behaupten, dass sie jetzt *nicht* gefangen war, dass in ihrem Kopf *kein* Krieg war? Ihr so ohne weiteres zu widersprechen, war unmöglich, denn meine Mutter befand sich ja in einem schwindelerregenden Piranesischen Labyrinth aus verschachtelten Räumen,

Gängen und Portalen mit Türen und Aufzügen, die geheimen Codes gehorchten, und ja, überall um sie herum waren fremde Menschen, gehetzt, beschäftigt mit rätselhaften Dingen, ohne sich um ihr Stöhnen und Flehen auch nur einen Deut zu kümmern.

In den letzten Monaten vor der Aufnahme ins Heim dachte meine Mutter immer häufiger, im Wohnzimmer stehe ein neuer Stuhl oder ein neues Klavier, zum Schluss glaubte sie oft, in einem ganz fremden Haus zu sein. Für uns war das eines der Argumente, die Aufnahme ins Heim nicht länger aufzuschieben. Sie würde es kaum bemerken, wenn sie in einer anderen Umgebung saß.

Später musste ich jedoch feststellen, dass wir wohl eine zu simple Vorstellung von »daheim« gehabt und die visuellen Aspekte überschätzt hatten. Das Daheim-Gefühl ist in Wirklichkeit viel komplexer. Dazu gehören auch allerlei unbewusst wahrgenommene Gerüche und Geräusche, Spuren von Menschen und Tieren, eingefahrene Bewegungsmuster, Abstände, Proportionen, Temperaturen, kurzum: alles, was wir mit dem Begriff »Sphäre« zu bezeichnen pflegen. Auditives Erkennen scheint im Allgemeinen wesentlicher zu sein als visuelles, und das kann man auch erklären.

Das Hören ist »archaischer«, passiver, unbewusster als das Sehen, in psychogenetischer Sicht darum auch wichtiger. Schon im frühen pränatalen Stadium des Kindes ist es vollauf aktiv; in der siebenundzwanzigsten Woche der Schwangerschaft ist es, organisch gesehen, nahezu vollendet. Das erste Daheim-Gefühl wird durch die spezifischen Geräusche der Mutter bestimmt – von der Stimme, vom Herzschlag, von den inneren Organen. Nach der Geburt können Säuglinge sich an die Sinneserfahrungen, die sie im Mutterleib gesammelt haben, »erinnern«; sie erkennen die Stimme der Mutter, aber auch Geschmackseindrücke und an körperliche Prozesse gebundene Rhythmen.

Meine Mutter erblickte nun in irgendeiner fremden Frau ohne weiteres eine ihrer Schwestern oder Töchter, auf Fotografien erkannte sie niemanden, auch sich selbst nicht, doch die *Stimmen* ihrer Kinder und Verwandten identifizierte sie unverzüglich. Auffallend waren auch noch immer die verbliebenen Reste ihrer sprachlichen Kompetenz. Zu sinnvollen Aussagen war sie, ansonsten reaktionsfähig, nicht mehr imstande – im Satzbau, in der Logik, im Urteil –, aber reflexartig verfügte sie noch immer über einen großen Wortschatz und andere Laute.

Die entlegensten Rätselwörter fielen ihr noch häufig auf Abruf ein, buchstäblich: Ich las ihr die Beschreibungen vor, und sie reagierte darauf. Sie führte auch von mir intonierte Sprichwörter, Kinderverse, gesummte Melodien oder alte Liedchen stolz zu Ende.

So überraschte sie mich einmal mit einer nie zuvor gehörten Variante vom Kramladen Winkel van Sinkel. Dort verkaufte man nun nicht etwa, wie ich glaubte, noch Hüte und Mützen und Korsetts, sondern Lakritzen zum Lutschen und Pillen, um zu pupen. Wenn man ihr Tee oder Kaffee servierte, zum Trinken noch zu heiß, zitierte ich die erste Zeile aus einer kuriosen Reimerei im Kauderwelsch:

»O, what is it hot today«, worauf sie mit der zweiten Zeile fortfuhr: »but not as hot as yesterday.« Das ist einer der geflügelten Sprüche aus ihrer Jugend, dessen Autor und Herkunft ich nicht kenne. Aber ich wusste noch, dass den beiden Zeilen ursprünglich noch weitere vier oder sechs folgten, aber die schienen trotz wiederholter Ermutigungen meinerseits – ich hatte inzwischen eine reiche Erfahrung mit der verblüffenden katalysierenden Wirkung von Anfangszeilen – definitiv aus ihrem Gedächtnis verschwunden zu sein.

Bis sie eines Tages wieder auftauchten, unversehens, wie ein Geschenk des Himmels, obwohl nach dem Reimschema noch immer eine Zeile fehlen musste. »O, what is it hot today«, sagte ich wie gewohnt, als sie ihren Kaffee trinken wollte. Sie stellte die Tasse auf die Platte zurück und ergänzte:

»but not as hot as yesterday.
Yesterday I lost my wife
...
Ratet mal, where I found her:
Hinter der Hecke
Und voll wie 'ne Zecke
And many people around her.«

Ich will noch eines ihrer Lieblingslieder nennen: *Lili Marleen.* Ich konnte mich nicht daran erinnern, dass sie dieses Lied früher jemals gesungen hatte, und ich fand auch, ehrlich gesagt, dass dieser gefühlvolle Schlager nicht zu meiner nüchternen Mutter passte. Aber an einem der ersten Tage im Pflegeheim schallte er aus dem Lautsprecher, und zu meiner Verwunderung begann sie mitzusingen:

»Vor der Kaserne, vor dem großen Tor
stand eine Laterne. Und steht sie noch davor,
so wolln wir uns da wiedersehn,
bei der Laterne wolln wir stehn
wie einst, Lili Marleen.«

Sie schien den deutschen Text zu kennen, sogar mehrere Strophen. Sollte meine Mutter dieses Lied damals gesungen haben, in den erwartungsvollen letzten Wochen von 1944?

Jetzt waren es wie auch immer Augenblicke höchsten Glücks. *Lili Marleen* wurde zu unserer eigenen kleinen Nachtmusik. Wenn wir es sangen, blieb aller Kriegslärm weit entfernt, und auf geheimnisvolle Weise war meine Mutter gleichzeitig weit weg und daheim.

Das Gefühl zu Hause zu sein, schloss ich trotz aller Skepsis, war für meine Mutter nicht mehr an eine feste, insbesondere visuell erkennbare Umgebung geknüpft, es hatte sich einem nicht ortsgebundenen akustischen Raum zugewandt. Und vielleicht kann dieser Schluss verallgemeinert werden: Vertraute Geräusche verstärken die unsichtbaren »Wände« des Raums, fremde Geräusche schwächen sie ab. Es war denkbar, dass meine Mutter sich überall zu Hause fühlen konnte, wenn dabei der akustische Raum erhalten blieb. Unsere Stimmen waren wie friedvolle Inseln der Intimität in der wüst wirbelnden Kakofonie von unverstandenem Lärm, der das demente Universum überwältigte, sie waren wie Gefechtspausen inmitten des verräterischen Geflüsters von Spionen, des schrillen Geheuls von Sirenen und der fernen Detonation von Bomben und Granaten.

Von wirklichem Frieden konnte jedoch vorläufig keine Rede sein, auch nicht von Friedensverhandlungen. Eines Abends kam ich in das sogenannte Wohnzimmer und sah, dass meine Mutter mit einer Art von Sicherheitsgurt auf ihrem Stuhl festgebunden dasaß. Personal war nicht zu sehen. »Sie haben mich angebunden«, sagte sie. Ich band sie sofort los. Ob ich das denn dürfe, sie schaute sich scheu um. Erst nach ungefähr zehn Minuten stieß ich auf eine Pflegerin, die Auskunft geben konnte. »Eine Notmaßnahme«, sagte sie. Meine Mutter sei schon ein paar Mal weggelaufen, so gehe das nicht.

»Sie haben mir meine Tasche weggenommen«, sagte meine Mutter.

»Ach, das alte Ding«, sagte ich, »du kriegst eine neue.«

»Da sind alle meine Sachen drin.«

Ich wusste ganz genau, was da drin war. Weil der kupferne Verschluss klemmte, hatte ich sie in diesen letzten Tagen, wenn sie ein Taschentuch haben wollte, einige Male für sie geöffnet und festgestellt, dass da hauptsächlich Dinge drin waren, die nicht ihr gehörten: eine Serviette, ein gehäkeltes Tischdeckchen, eine Bürste, eine Zeitung. Aus ihrem eigenen Besitz enthielt die Tasche nur ein Rätselheft – schwedischer Sprinter, drei Buchstaben –, einen Rosenkranz, den ich sie noch nie hatte benutzen sehen, ein oder zwei Taschentücher aus Stoff und ein Päckchen Watte, zwei monatealte Ansichtskarten, deren schlichte Texte ich ihr jeden Tag ein paar Mal vorgelesen hatte, und ein kleines schwarz-weißes Passfoto meines Vaters.

Aber es ging gar nicht um den Inhalt. Meine Mutter konnte nicht ohne diese Tasche sein. Es war ihr einziger Halt und, abgesehen von ihren Kleidern, der einzige Gegenstand, der sie noch mit der Zeit vor ihrem Krieg verband. Doch nun hatten sie alles in Beschlag genommen, ihre Tasche und überhaupt alles.

Ich versuchte, sie behutsam auf andere Gedanken zu bringen. Wenn wir die Tasche nicht wiederfänden, kriege sie morgen eine neue. Aber meine Mutter blieb hartnäckig untröstbar. Sie wollte ihre eigene Tasche. Diese Tasche kriege sie nie mehr zurück, ich sei ein Einfaltspinsel. Doch dann sah ich plötzlich eine der Mitbewohnerinnen mit der Tasche meiner Mutter unter dem Arm daherlaufen. Aber nein, das sei ihre Tasche, sagte die Frau, als ich sie auf den Irrtum hinwies. Es musste eine Pflegerin eingreifen, damit meine bass erstaunte Mutter das gute Stück wiederbekam.

Alle Wahnvorstellungen meiner Mutter waren verständliche Reaktionen auf die neuen Verhältnisse seit der Aufnahme ins Heim. Es war Krieg, in der Tat, man hatte ihr doch alles genommen, ihre Tasche, ihre Sachen und obendrein die letzten Reste von gefühlvoller Familiarität, die sie noch kannte. Auf keines ihrer Worte oder Gesten erfolgte noch eine Erwiderung, die ihr vertraut war, ein Echo, das ihre prekäre Stellung gefestigt hätte. Meistens gab es überhaupt keine Reaktionen. Da war niemand, der den in ihren Gemeinplätzen verborgenen Appell hörte, niemand, der die Tonart meiner Mutter als die seine oder die ihre erkannt hätte.

Das wurde schmerzhaft deutlich an den Reaktionen, die dann ja doch kamen – von Mitbewohnern fast ohne Ausnahme ein irritiertes Beschimpfen oder Fluchen, vom Personal ausweichende, beschwichtigende und ermahnende, jedenfalls professionell distanzierende Antworten.

Auf ihre Art und Weise wusste meine Mutter genau, wie es um sie stand. An den ersten Abenden im Heim notierte ich auf dem Rand des Rätselheftes, mit dem ich sie abzulenken suchte, eine Reihe von Sätzen, die das bezeugen:

Ich bin nicht vorhanden. Ich habe wohl tausendmal gefragt, aber ich kriege nie eine ordentliche Antwort. Ich werde abgelehnt und bin abgeschrieben.

In der letzten Nacht saß ich gefangen auf einem Schiff. Es stürmte. Wir wurden abgeführt. Ich saß in einem Leierkasten, der mich wie verrückt zum Boden des Ozeans schleuderte. Ich hörte Musik, die meinen Ohren weh tat. Kriegsmusik.

Wir haben keine Rechte. Alles haben sie uns entzogen und festgebunden, auch unsere Rechte.

Mit diesem Schiff haben sie uns abgeholt. Eingepackt, Pakete daraus gemacht und in den Keller geworfen, wo Orgelmusik erklang. Zwischen den Äpfeln und den Kartoffeln. Ohne Rechte.
Und das Paket wird morgen nach draußen gestellt, das tu ich selbst, beim Laternenpfahl, an dem ich immer allen Müll abstelle.

Die Aufnahme in ein Pflegeheim bedeutet – ich will mich zurückhalten, vielleicht gibt es Ausnahmen – die fast vollständige Anonymisierung desjenigen, der aufgenommen wird. Das liegt bereits in der Sache selbst begründet, unabhängig von der Qualität des Personals. Was nicht heißt, dass die nicht von großer Bedeutung wäre. Kurz gesagt: Je »professioneller« sie ist, um so mehr ist zu befürchten, dass der Bewohner sich anonymer, also schlechter behandelt fühlt. Am wichtigsten ist es, dass die Menschen, die hier arbeiten, auch ein Herz für die Insassen haben.

Jedes freundliche Wort, jede ordentliche, angemessene Reaktion hat für meine Mutter das Gewicht eines Friedensangebotes. Jedes gleichgültige Wort, jede ausschließlich professionelle Reaktion verstärkt die kriegerische Stimmung.

Die Heimbewohner werden als Achtzig- und Neunzigjährige aufgenommen, gleichwohl werden sie zumeist behandelt, als hätten sie keine Vergangenheit. Ich habe dennoch einige Pflegerinnen erlebt, die mit meiner Mutter trotz allem wie mit einem Individuum umgingen, wie mit jemandem, der eine eigene Geschichte und spezifische Ausdrucksweisen besitzt.

Eine von ihnen kam aus Polen und war – wohl nicht untypisch – die Tochter eines herkömmlichen kleinen Bauern. Sie erzählte, als Kind habe sie gelernt, dass alle Hühner, Schweine und Kühe ihr eigenes, unverwechselbares Geräusch machten, wenn sie Schmerzen oder Hunger hatten, unruhig oder wütend waren und auch, wenn sie geweckt und rausgelassen wurden. Sie hatte diese Geräusche genau zu unterscheiden gelernt. Das komme ihr nun zugute, sagte sie, denn die Bewohner dieses Heims seien meistens nicht mehr in der Lage, ihre Gefühle in Worte zu fassen oder höchstens in gebrochener Form, aber wenn man gut aufpasse, dann könne man in ihren Gesichtern lesen oder aus ihren tierartigen Lauten etwas verstehen.

Ich war dann auch nicht verwundert – zunächst überraschte es mich allerdings sehr –, dass just diese polnische Frau, schon als ich sie zum zweiten Mal antraf, nicht nur genauestens informiert war über die erforderlichen biografischen Daten meiner Mutter, nach denen die anderen nie gefragt hatten, sondern dass sie auch noch mehr wissen wollte. Sie hatte sich die Kenntnisse aus einem Album verschafft, das wir für unsere Mutter angelegt hatten. Darin waren ihre engere Umgebung, ihre Kinder und Enkel und ihre jeweiligen Wohnhäuser in Fotografien wiedergegeben, und diese Bilder waren auch mit großen Computer-Buchstaben erklärt.

Wir hatten gehofft, dass die Pflegerinnen ab und zu mit ihr zusammen darin blätterten. Dann könnten sie vielleicht etwas von dem Zu-Hause-Gefühl, das dieses Familienalbum bei meiner Mutter weckte, in den veränderten Verhältnissen des Heims lebendig werden lassen. Doch die Polin war die erste und blieb die einzige, die der Einladung folgte. Sehr lange hat meine Mutter ihre Teilnahme nicht genießen können. Nach ungefähr zwei Wochen war die Polin spurlos verschwunden. Als wir uns erkundigten, wurde uns lediglich gesagt, sie habe hier doch nicht Fuß fassen können.

Auf den ersten Blick sind alle Bewohner dieses Heims gleich. Sie sitzen da und blicken stumm vor sich hin, oder sie schwatzen einem die Ohren vom Kopf – so viel anders ist das nicht. Ich hatte in den ersten Tagen, als ich mich nur mit meiner Mutter befasste, auch diesen Eindruck. Aber beim genaueren Hinsehen sind die Unterschiede doch groß.

Einige Insassen können ihr Bett nicht mehr verlassen. Für ein paar Stunden am Tag werden sie mit dem Bett und allem, was sie so brauchen, in die stillen Ecken der Aufenthaltsräume geschoben. Andere sitzen im Rollstuhl, manchmal auch in einem Ungetüm von Möbel, einem Mittelding zwischen Rollstuhl und Bett. Und dann gibt es auch ziemlich viele, die noch gut auf den Beinen sind, einige so gut, dass sie an einer Art von Laufzwang leiden, der sie den lieben langen Tag allein oder Arm in Arm mit einem Mitbewohner ruhelos durch die Flure treibt.

Alle möchten sie nach Hause. Wenn sie einen Drang gemeinsam haben, die stationären ebenso wie die ambulanten, dann ist es der, dass sie weg wollen, am liebsten gleich, ohne Aufschub. Zwanghaft sind sie auf der Suche nach einem Taxi, einer Bushaltestelle, einem Bekannten. Sie müssten ihre Obstbäume stutzen, sie müssten den großen Hausputz beginnen, sie müssten der Mutter beim Abwasch helfen. Auch wenn sie von diesem Zuhause gar keine reale Vorstellung mehr haben, wollen sie dahin zurück.

Zur Kategorie der Herumläufer gehören in der Abteilung, in der meine Mutter wohnt, einige Sonderfälle. Einer von ihnen ist ein Mann von knapp fünfzig Jahren mit dem Korsakow-Syndrom, der mit Vorliebe in Unterwäsche oder mit einer Windel auf der Suche nach seiner Freundin durchs Haus streunt und nicht frei ist von exhibitionistischen Neigungen. Er behauptet, er sei früher Fußballer gewesen, und um das zu beweisen, möchte er gern die blitzschnellen Täusch- und Überholmanöver demonstrieren, die ihm ehedem den Ruhm eingebracht haben. Er kennt sie alle, die Größen von damals, und er hat sie auch sämtlich ausgetrickst. Wenn wir seine Vorführungen mit Applaus belohnten, lächelte er stolz und warf Kusshände zum weiblichen Teil des Publikums.

Nicht so lustig ist ein anderer Fall, eine Frau von kaum sechzig, die einen gefährlichen Hirnschlag gehabt hat. Wenn sie nicht vornübergebeugt sitzt, mit dem Kopf auf dem Tisch, dann läuft sie kreuz und quer durchs Haus, unvorhergesehen brüsk die Richtung wechselnd. Dabei nimmt sie zuweilen die Stellung eines sich aufbäumenden Zirkuspferds ein, lässt sich dann plötzlich auf die Knie fallen und kriecht auf Händen und Füßen durchs Zimmer. Ab und zu wirft sie den Kopf zur Seite und wiehert wie ein Pferd. Einmal die Woche bekommt sie Besuch von einem Mann, mit dem sie früher, vor dem verhängnisvollen Infarkt, verheiratet war und der jetzt wieder verheiratet ist. Der Mann behandelt sie liebevoll und mit Engelsgeduld, sie stößt ihn von sich und beschimpft ihn mit den gröbsten Worten.

Die mittlere Verweildauer in diesem Heim beträgt anderthalb Jahre, erfuhr ich von einer Pflegerin, laut einer anderen sind es zweieinhalb Jahre. Ich stellte fest, dass manche Bewohner, wenn sie einmal da waren, sehr rasch verfielen, kommunikativ, geistig, körperlich, in jeder Hinsicht. Bei anderen geht das ganz langsam vor sich, fast unmerklich, wie bei meiner Mutter.

Bei ihr ist, sicherlich über längere Zeit, schon eine gewisse Verschlechterung zu beobachten, aber die verläuft keineswegs gradlinig und kontinuierlich. Phasen der Auflehnung, manchmal auch der Heiterkeit wechseln mit trüben, düsteren Phasen, mit Niedergeschlagenheit und Abkapselung. Wenn ich sie besuche, weiß ich nie, wie ich sie vorfinden werde.

Ich hatte mit einer Frau von etwa neunzig Jahren Kontakt, die selten Besuch bekam und jeden, der ihr sein williges Ohr lieh, mit einem nicht nachlassenden Strom von Geschichten überschwemmte. Diese Erzählungen gingen vom Hölzchen aufs Stöckchen, aber ein Element tauchte ständig darin auf: die Ingenieure. Das mussten, wie ich herausfand, zwei ihrer Kinder sein. Die beiden waren großartige Schüler gewesen, immer die Klassenbesten, und dann sind sie auf die Universität gegangen und Ingenieure geworden. Sie hatte sich für sie krummgelegt, denn dick hatten sie es ja nicht gehabt, und das Studium war teuer gewesen - doch nun, wo sie selbst es brauche, ließen sie die Mutter hängen, alle beide.

Als ich das behutsam zu relativieren suchte - sie würden als Ingenieure sicherlich stark unter Druck stehen -, bekam ich es aber zu hören. Druck? Sie selbst habe immer unter Druck gestanden, ihr ganzes Leben habe sie sich geplagt und abgerackert, um die Kinder so weit zu bringen. Doch die hatten sie wie eine heiße Kartoffel fallen lassen, sobald sie ein bequemes Luxusleben führen konnten.

Später hörte ich von einer Pflegerin, dass es sich um Zwillinge gehandelt habe, einen Jungen und ein Mädchen. Vor dreißig Jahren waren sie zusammen, kurz vor dem Abschluss ihres Studiums, bei einem Verkehrsunfall ums Leben gekommen.

Von den allermeisten Menschen, die hier wohnen, weiß ich nichts. Besucher sind selten, einige kriegen nie Besuch. Die Mutter dieser beiden jungen Genies ist eine von ihnen.

Nur sehr wenige bekommen regelmäßig Besuch, und nur eine sehr kleine Minderheit zuverlässig jeden Tag, so wie meine Mutter und der Mann, der von allen der Sänger genannt wird. Er ist etwa achtzig Jahre alt, sieht sehr kultiviert und gepflegt aus, und auf den ersten Blick weiß man nicht, ob er zu den Bewohnern oder den Besuchern zählt. Er singt im Besucherzimmer, gebeten oder ungebeten, bekannte Arien; sein Bariton macht einen geschulten Eindruck.

Eines Abends erzählte mir seine Tochter seine traurige Geschichte. Er hatte zur Ausbildung als Konzertpianist ein

Konservatorium besucht, erwies sich dann aber als nicht gut genug. Dann war er technischer Zeichner geworden, das blieb sein Brotberuf, seine Leidenschaft galt aber weiterhin dem Klavier. Sein ganzes Leben hat er zu Hause und auf kleinen Festen gespielt, Schubert, Schumann und Chopin, fast immer ohne Noten, bis in seinem Kopf wohl etwas zerbrochen war und er von einem Tag auf den anderen wie gelähmt an seinem Flügel saß.

Seine Hände wussten nicht mehr, was sie tun sollten, er war völlig verwirrt. Einen Monat lang kam kein Wort über seine Lippen. Dann war es so, als ob er aus einer Betäubung aufwachte. Er begann zu singen, ebenso viel und mit der gleichen Leidenschaft, mit der er vordem Klavier gespielt hatte. Die Ärzte standen vor einem Wunder, niemand begriff, wie er dazu imstande war.

Kürzlich sah ich ihn im Besucherzimmer sitzen mit dem Blick auf den Eingang, es war gegen acht Uhr am Abend, seine Frau war soeben fortgegangen. Dann fragte er mich, ob sie an diesem Abend noch kommen würde. Ich wusste nicht, was ich antworten sollte, und murmelte etwas Unbestimmtes. Er begann ungeduldig zu werden, schaute fortwährend auf seine Uhr, lief ab und zu eine Runde durch das Besucherzimmer und setzte sich dann wieder, mit dem Blick auf die Eingangstür. Auf einmal begann er, mit einem schauerlichen Riss in der Stimme, die erste Strophe der *Winterreise* von Schubert zu singen: »Fremd bin ich eingezogen, fremd zieh' ich wieder aus.«

In den ersten Wochen des Aufenthalts unserer Mutter in dem Heim waren wir ziemlich verzweifelt. Hatten wir sie nicht doch zu früh dort aufnehmen lassen? Hätten wir sie mit mehr gutem Willen nicht doch noch eine Zeit lang in ihrem eigenen Haus wohnen lassen können?

Ein paar Mal haben wir ernsthaft erwogen, sie zurückzuholen. Ihr Haus stand noch so da, wie sie es verlassen hatte, sie könnte ohne weiteres wieder einziehen. Doch andererseits hatten wir sie ja nicht ohne Grund dorthin gebracht, das Wasser hatte uns ja Tag um Tag bis zum Halse gestanden. Es müsste dauernd jemand bei ihr sein, auch nachts, und das war eine unmögliche Perspektive.

Außerdem bemerkten wir, dass nach und nach etwas von der neuen Situation zu ihr durchgedrungen sein musste. In ganz vagen Worten verwies sie gelegentlich auf das Heim, vor allem, wenn wir sie am Nachmittag abholten, um bei einem von uns zu essen. Sie war dann sehr durcheinander, fragte ein ums andere Mal, wie spät es sei und ob »sie« wüssten, wo sie nun sei, und ob ihre Kinder das auch wüssten.

Natürlich wüssten sie das, sagte ich dann, sie fänden das sehr gut, dass sie zu uns zum guten Essen komme. Aber da half keine Beruhigung, noch keine Minute später folgte dieselbe Folge von Fragen, *ad infinitum.* Manchmal wollte sie, dass ich »die Kinder« anriefe; ich konnte ihr dann alles Mögliche weismachen. Aber auch telefonische Beschwichtigungen vermochten den Sturm in ihrem Kopf nie länger als ein paar gnädige Augenblicke lang zu beruhigen.

Die Stimmen müssen sie schwindlig gemacht haben,

bekannte, halbwegs bekannte und unbekannte Stimmen durcheinander, und alle diese Stimmen versuchten, ihren Platz in der Welt zu bestimmen, ihre Bewegungen in Raum und Zeit zu koordinieren und auf naheliegende Ziele zu richten. »Gleich gehen wir zum Essen, ihr müsst noch etwas Geduld haben, das hab ich euch doch eben schon mal gesagt.« Doch die praktischen Folgen aus all diesen kleinen Sätzen, die genaue Bedeutung von »gleich«, »wir«, »jetzt«, »eben«, »ich«, »euch« und »soeben« konnte sie mit bestem Willen nicht mehr fassen. Alle Erwartungen, die zu diesen Worten gehörten, liefen hoffnungslos durcheinander und ließen die letzten Reste von Plänen und Listen in ihrem Kopf unlesbar werden. Sie wollte nach Hause, immer nur nach Hause, wo sie auch war, aber gerade dieses Wort war von allen Worten am verhängnisvollsten zerfallen, just von diesem Wort waren alle Koordinaten, alle Bilder, alle Gerüche und Laute auswegslos vermengt und verstrickt worden.

Das war offensichtlich, wenn ich sie, meistens gleich nach dem Essen, mit dem Auto zum Pflegeheim zurückbrachte. Der Anfang der Strecke war gleich an der Straße zu ihrem Haus, und dort erkannte sie noch die auffallendsten Merkmale: eine lästige Bodenschwelle direkt nach einer scharfen Rechtskurve, eine Verkehrsampel, die abends immer automatisch auf Grün sprang (wegen meiner phänomenalen Fahrkunst, meinte sie), eine andere Ampel, die merkwürdig lange Rot zeigen konnte und uns dadurch reichlich Gelegenheit bot, die Verkehrsschilder, die Namen an den Fassaden, die Plakate und die Lichtreklamen einer eingehenden Inspektion zu unterziehen. Dann fragte meine

Mutter stets, und jedes Mal mit demselben Erstaunen: »*Nightlife Erotica*, weißt du, was das ist?«

Auffallend war noch, dass sie auf halbem Wege, bei einer Gabelung, wo die Abzweigung nach rechts zu ihrem eigenen Haus führte und die nach links zu ihrem Pflegeheim, jedes Mal erstaunt aufblickte und fragte, ob ich nicht den falschen Weg einschlüge. Die Abweichung vom bekannten Muster nahm sie also klar als Abweichung wahr. Aber wenn wir wenig später auf den Vorplatz des Heims fuhren, erkannte sie das selbst beim zehnten und beim zwanzigsten Male nicht wieder. Noch viel schlimmer war es, wenn ich die Damen am Tisch begrüßte: In den ersten Tagen, aber auch noch ein Jahr danach, fragte sie dann stets mit eiserner Beharrlichkeit, woher ich denn diese Leute kenne.

Trotz alledem zeigte meine Mutter erste Anzeichen einer Eingewöhnung. Es war nicht mehr ständig Krieg. Als sich dann der Kreis um sie herum etwas erweiterte, fühlte sie sich wieder als Gastgeberin, eine Rolle, die sie daheim immer gern und mit Begeisterung gespielt hatte. Eine der Frauen, die sich um ihre Gesellschaft bemühte und sie immer wieder wie eine alte Freundin in den Arm nahm, eine frühere Mathematiklehrerin, erhielt ebenfalls regelmäßig Besuch, oft von zwei oder drei Männern zusammen, sodass man bald von einer Runde von über Gott und die Welt plaudernden Leuten um sie herum sprechen konnte.

Meine Mutter konnte den Gesprächen bestimmt nicht folgen, aber das war auch gar nicht nötig, sie genoss die

Schutz bietende Gesellschaft. Der ruhige Rhythmus, in dem sich die vertraute Stimme des einen zu der unbekannten Stimme des anderen schob, konfliktlos, wie die endlos ineinander fließenden Wellen in einem Kanon von Palestrina, muss ihr wie ein altes, sicheres und betäubendes Summen in den Ohren geklungen haben.

Sie entspannte sich zusehends, wahrscheinlich war das die höchste Form von Genuss, die für sie noch zu erreichen war. Frei von allen Verpflichtungen, ließ sie sich auf der ruhigen Dünung unserer Erzählungen in einen Halbschlaf gleiten. Ab und zu reagierte sie noch, lachend, spottend, manchmal auch ein wenig übermütig, auf Worte oder Gesprächsfetzen, die auf einmal als erkennbare Zeichen aus dem monoton vor sich hin plätschernden, sinnlosen Rauschen unserer Stimmen auftauchten, so wie sie an den anonymen nächtlichen Fassaden auch unversehens aufschaute zu den violetten auf- und ausblitzenden Neonbuchstaben von *Nightlife Erotica*.

In der leicht euphorischen Atmosphäre war jeder, der unserem Kreis näher kam, ein potenzieller Gast, auch wenn es ein Wildfremder war. Vermutlich in dem Bewusstsein, selbst nicht mehr schnell genug auf ihren Platz kommen zu können, mahnte meine Mutter uns ungeduldig, unsere Hilfe anzubieten. Wir sollten einem zufällig vorbeigehenden Faktotum die Jacke abnehmen, den triefenden Regenschirm eines uns unbekannten Besuchers in den Schirmständer stellen oder einen Stuhl für den ehemaligen, seine Freundin suchenden Fußballstar heranrücken.

Dass die Leute hierher in ihr Haus kamen, hieß, dass sie

zu uns gehörten oder wenigstens zu Besuch waren. Und deshalb musste sie sich als ordentliche Gastgeberin aufführen und wir als die Vollstrecker dieser Gastfreundschaft. Wenn wir uns nicht unmittelbar erhoben, um unsere Aufgabe zu erledigen, war sie pikiert, und wir wurden kräftig gerüffelt. Fiel es denn niemandem auf, dass wir die Leute einfach übersahen und nicht einmal eine Tasse Kaffee oder ein Glas Sherry anboten.

Etwa nach einem Monat wurden wir zum ersten sogenannten Evaluationsgespräch mit der Pflegeleiterin und dem Arzt des Instituts gebeten. Sie fanden, meine Mutter sei eine angenehme Insassin, schlagfertig und engagiert, sie habe einen aufmunternden Einfluss auf ihre Hausgenossen. Wenn sie nur alle so wären.

Von Angstanfällen, nein, davon hatten sie nie etwas bemerkt. Meine Mutter schien sich geradezu ausnehmend heimisch zu fühlen, was durch ihr Verhalten beim Essen bestätigt werde. Während die meisten Heimbewohner im ersten Monat an Gewicht verlören, habe meine Mutter eine gute Unze, um genau zu sein, 115 Gramm zugenommen. Der Arzt las die Zahlen vor, so als ob meine Mutter soeben ihr erstes Schulzeugnis erhalten hätte, und überhaupt hätte sie sich gut gemacht, sie war rascher als im Durchschnitt hospitalisiert, und nun könnten wir sie schon mal gelegentlich mit nach Hause nehmen.

Das war ein lehrreiches Gespräch, wenn auch aus anderen Gründen, als der Arzt und die Pflegeleiterin es beabsichtigten. Davon abgesehen, waren wir uns einig, an dem unter den gegebenen Umständen am meisten wünschenswerten Aufenthalt meiner Mutter nicht länger zu zweifeln. Sie sollte endgültig in diesem Heim bleiben, und so konnten wir das Elternhaus nun verkaufen.

Das war, vor allem für unser Gefühl, eine mühselige Angelegenheit. Wir waren uns des dramatischen Charakters dieses Verkaufs völlig bewusst. Meine Mutter hatte sechsundfünfzig Jahre darin gewohnt, für uns waren die Straße, das Haus, jeder Raum, jede Ecke in jedem Raum, vom doppelten Keller bis zum doppelten Dachboden, mit Erinnerungen und Geschichten verbunden, die insgesamt die Geschichte und, wenn man so will, die Mythologie einer Familie, einer Jugend ausmachen.

Die greifbaren Zeugen davon hatte unsere Mutter, nicht sehr ordentlich in ihrer Art, an zahllosen Stellen aufbewahrt, aufs Geratewohl und gewiss nicht für einen künftigen Familienchronisten. Von all diesen Sachen haben wir, um sie überhaupt erkennen zu können, die Spinnweben, den eingetrockneten Vogelmist, den Dreck und den Staub weggefegt und abgesaugt, sodass wir abends jedes Mal selbst, sozusagen als Vorgeschmack auf die Ewigkeit, wieder zu Staub geworden waren.

Unser nostalgisches Abschiedstreffen in dem Haus, geplant auf ein paar Tage, dehnte sich auf über einen Monat aus, dann hatten wir schließlich den größten Teil von dem Kram, den wir in all den Wandschränken und Schubladen, in Kisten und Schachteln und hauptsächlich in den großen, als Lagerraum benutzten Dachkammern vorfanden, zum

Recyclingzentrum und zum Schuttplatz befördert – natürlich mit Trauer im Herzen. Einzelne Sachen haben wir vorläufig und wider besseres Wissen vor dem endgültigen Vergessen bewahrt. Jeder hat das Seine mitgenommen und zu Hause mit einem Seufzer in eine der knappen Schubladen oder Kisten verstaut. Moderne Häuser, eher für Nomaden als für Sesshafte gebaut, müssen ohne Keller und Dachboden auskommen, sie sind untauglich für die Bewahrung und die Weitergabe von Geschichten und Erinnerungen.

Derweil wohnte Tante Alice noch immer ganz allein im Haus nebenan. Meistens saß sie im Erker, las die Zeitung und blickte auf und winkte, wenn ich das Fahrrad an den Geranienkasten neben unserer Haustür lehnte. Einige Zeit später kam sie dann herüber und fragte beunruhigt, wo denn Em sei, sie habe sie den ganzen Morgen noch nicht gesehen.

Ein paar Tage, bevor der Kaufvertrag für das Elternhaus unterschrieben wurde, wurde auch Tante Alice in das Pflegeheim aufgenommen. Die beiden Schwestern, nun achtundachtzig und einundneunzig Jahre alt, waren so nach einem Dreivierteljahr wieder vereint. Das sollte meine Mutter freuen, und das sollte meiner Tante den Kummer über den erzwungenen Umzug ein wenig erträglicher machen.

Das aber war eine eitle Hoffnung. Tante Alice verstand das alles nicht, wollte es auch gar nicht verstehen und wandte sich gegen jeden, der ihr diesen Wechsel als logisch und unausweichlich zu erklären versuchte. Ehrlich gesagt, hatte ich auch meine Zweifel an der Unausweichlichkeit. Im Gedächtnis meiner Tante schienen zwar ein paar Verbindungen geschädigt zu sein, andere aber funktionierten sonderbarerweise wohl wie eh und je. Von dem, was sie vor fünf Sekunden oder vor fünf Stunden gemacht hatte, hatte sie keinen blassen Schimmer mehr, die festen Daten ihrer Lebensgeschichte aber standen ihr, wie man hören konnte, noch glasklar zur Verfügung. Sie konnte auch noch immer gut sehen und schien das, was sie sah, noch selbständig einordnen zu können. Und das führte nun zu dramatischen Konflikten.

Tante Alice war stark, impulsiv und aufbrausend. Wie ein angeschossenes Wild, vor Schmerz winselnd, lief sie durch die Wohnräume, durch den gesamten zugänglichen Teil des Gebäudes, auf der Suche nach einem Ausgang. Sie trommelte an Fenster und Türen und rüttelte an den Türklinken. Als sie bei diesen vergeblichen Irrläufen auf meine Mutter traf, fragte sie, was denn sie, Em, hier in Gottes Namen mache, und dann, im Plural, sie hätten doch beide selbst ein Haus, in der Walramstraße, nahe beieinander. Was sollten sie denn hier, wer hatte dafür gesorgt, dass sie hier auf einmal zwischen all den alten Menschen saßen?

Meine Mutter reagierte verdutzt darauf, irritiert und verzweifelt – so als ob sie ganz, ganz tief in ihrer Erinnerung doch noch einige nahezu ausgewischte Bilder sehe, die etwas mit einem Haus in der Walramstraße zu tun haben mussten. Sie war jedoch nicht in der Lage, diese wolkigen Gedächtnisreste etwas schärfer und benennbar auf ihre Netzhaut zu bannen. Sie war ratlos. Sie wusste nicht, ob ihre Schwester recht hatte, vielleicht schon, vielleicht ein bisschen, sie wusste überhaupt nicht, wie sie sie ein wenig zur Ruhe bringen könnte.

»Em, wir gehen nach Hause, komm, ich bleib nicht hier. Wer hat uns nur diesen Streich gespielt?«

Und schon war Tante Alice wieder fort, geschüttelt von Wut und Verzweiflung. Versuche der Pflegerinnen, sie zu beruhigen, waren zum Scheitern verurteilt. Eine Anweisung vom Doktor, eine Untersuchung? Sie hatte hier noch keinen Doktor zu sehen bekommen, sie wollte auch keinen Doktor, sie wollte nach Hause.

Wenn sie mich sah, schien sie sich kurz zu beruhigen, da war ja endlich jemand, der sie nicht mit leeren Versprechungen abspeisen würde. Aber ich konnte auch nichts anderes tun als sie beschwichtigen, sie ablenken, an ihre Geduld appellieren, die sie ganz sicher nicht besaß. Dann begann sie zu drohen und rief frühere rebellische Phasen in ihrem Leben in Erinnerung. Das Internat bei den Nonnen, früher, da war sie auch schon mal ausgerissen. Meine Mutter habe sich da ja immer wohl gefühlt, aber sie nicht, sie habe die scheinheiligen Nonnen nicht ausstehen können. Und wenn sie wirklich fort wolle, dann könne sie niemand aufhalten. Sie würde durch ein Glasfenster springen oder vom Balkon, und sie würde sich vor einen Zug werfen.

Meine Mutter war diesen Drohungen nicht gewachsen. Sie wurde wieder chronisch nervös, beschimpfte die Pflegerinnen, warf uns vor, dass wir für Tante Alice nicht den

Doktor anriefen, dass wir heimlich alle ihre Papiere verbrannt hätten und miserable Gastgeber seien. Und sie bestand darauf, zu beichten, jetzt gleich, ohne Aufschub.

Die Ratlosigkeit ihrer Schwester hatte auch meine Mutter noch ratloser gemacht. Unsere Erwartung, dass sie, einmal zusammen, sich gegenseitig helfen könnten, war wohl naiv gewesen. Immer hatte meine Mutter die Aufmüpfigkeit ihrer Schwester zu mäßigen, immer hatte sie sie vor Schicksalsschlägen zu beschirmen gesucht, die sie, ausgerechnet sie, so grausam zu treffen drohten.

Diese Neigung zu schützen hatte meine Mutter immer noch, aber gleichzeitig musste sie, vor der verzweifelten Wut ihrer Schwester, ihre Machtlosigkeit erkennen. Das muss in ihr ein diffuses, doch tiefgreifendes Schuldgefühl erzeugt haben.

Eines Abends traf ich meine Mutter in einem der Gänge, in einem Moment, als sie gerade einen mir unbekannten, spindeldürren Mann ansprach. Ich vermutete, dass es ein neuer Heimbewohner war, womöglich auch, so wie ich, ein Besucher. Meine Mutter aber glaubte, einen Priester vor sich zu haben und damit, im Prinzip, einen Beichtvater. Beichten könne man auch hier, sagte sie, auf dem Gang, aber der Mann verstand nicht, was sie von ihm wollte, riss sich los und ging weiter. Ich brachte meine Mutter, die stark verärgert war – mit meinem Geplauder sei ihr nicht gedient –, ins Wohnzimmer zurück und versprach ihr für den nächsten Morgen einen Beichtvater.

Wieder zu Hause, suchte ich Trost beim *Stabat mater* von Vivaldi, bei dem ebenso kräftigen wie engelgleichen

Countertenor Andreas Scholl: »Stabat mater dolorosa, iuxta crucem lacrimosa.« Aber auch das brachte mir keine Ruhe. In der Nacht irrte meine Mutter wie ein schludriges Gespenst auf der Suche nach einem Beichtvater durch die Gänge meines Hirns. Zwei- oder dreimal schrak ich auf, wachgerüttelt von dem hohlen Echo ihrer Stimme.

Noch einige Wochen haben wir sie mit angesehen, die Wiedervereinigung der beiden Schwestern, denn vielleicht mussten sie sich noch an die neuen Verhältnisse gewöhnen. Doch nein, sie gewöhnten sich nicht, es gab nichts mehr zu gewöhnen, das gefühlsmäßige Gegeneinander wurde nur noch stärker. Wir haben mit jedem, den es betraf, überlegt und dann beschlossen, sie wieder zu trennen. Meine Tante blieb, und meine Mutter zog in eine andere Abteilung um.

Fortan sollten sie sich aber noch ab und zu sehen, meistens aus Zufall, auch für uns, zuweilen arrangierten wir auch ein Treffen im Besucherraum oder im Garten. Meistens war es so, als ob sie sich noch kurz zuvor, am Morgen beim Kaffee oder nachmittags beim Tee, gesehen hätten. An ihren Reaktionen, ihren Gesprächen, ihren Zwiegesprächen sollte sich in den folgenden Jahren nahezu kein Jota mehr verändern.

ICH SCHREIBE DIESE SEITEN in den ersten Monaten von 2006. Es ist jetzt zehn Jahre her, dass wir für drei Monate bei meiner Mutter einzogen, dreieinhalb Jahre, seit meine Mutter ins Pflegeheim aufgenommen wurde. Ich kenne die offiziellen Daten nicht, aber ich glaube, meine Mutter gehört inzwischen wohl zu seinen ältesten Bewohnern. Die durchschnittliche Aufenthaltsdauer – ein Euphemismus, der an Ferien, Reisen und Hotels denken lässt – hat sie um den Faktor 2 übertroffen. Sie wird bald vierundneunzig Jahre alt, Tante Alice ist gerade einundneunzig geworden.

Meine Mutter sieht jedoch nicht sehr alt aus. Sie hat noch immer ihr kräftiges krauses Haar, das hier auch gut gepflegt wird. Ihre Haut ist kaum runzlig. Nur wenn sie ihr Gebiss nicht trägt, sieht sie aus wie eine alte Frau. Ich würde mich nicht wundern, wenn sie hundert Jahre alt würde.

Die meisten Schicksalsgenossinnen und -genossen aus der alten Abteilung sind gestorben: der Fußballer, der Sänger, der Mathematiker, die Frau, die wie ein Pferd galoppierte und wieherte, und auch die Mutter der beiden Ingenieure. Als Besucher nimmt man das kaum wahr. Das Sterben geschieht hier wie nebenbei, im Handumdrehen, mit einem Stoßseufzer; an einem Tag schwatzt man noch mit dem Herrn oder der Frau Sowieso, und am nächsten Tag stellt sich heraus, dass er oder sie gestorben ist. Eine gewöhnliche Grippe kann tödlich sein, eine Grippe, gefolgt von einer Lungenentzündung, und schon ist es geschehen.

So leichthin reagiert auch das Personal, wenn man sich nach einem Abwesenden erkundigt, als ob der nur mal auf einem Spaziergang wäre.

Meine Mutter hat über ein Jahr an ein und demselben Tisch gesessen, neben einer Frau, die ohne eine Miene zu verziehen fortwährend mit der flachen Hand auf die Tischplatte schlug. Vor ein paar Tagen ist sie gestorben, und jetzt sitzt da eine andere Frau. Meine Mutter hat nichts davon bemerkt.

Manchmal bemerkte auch ich erst, wenn ich in die Kapelle des Heims kam, dass jemand gestorben war. Dort liegen zwei Bücher aus, die nur noch ganz schwach die Erinnerung an die hier abgemeldeten Leben festhalten.

Das eine Buch ist das Totenbuch; auf dem Etikett steht: »Ihre Namen sind auf immer in Gottes Hand geschrieben.« Das Berühren des Buches scheint unter einem Tabu zu stehen, ich habe keinen Sterblichen jemals darin blättern sehen. In ihm werden, für wen auch immer, die Verstorbenen feierlich in gotischen Lettern mit Tusche registriert: Name und Vornamen, Geburts- und Sterbedaten. Manchmal erschrak ich angesichts der Lebensdauer eines Verstorbenen.

Das andere Buch ist ein Buch der Lebenden. Eigentlich ist es gar kein Buch, sondern eine Plastikmappe mit eingelegten Blättern, auf die Besucher ihr Gebet eintragen sollen. Dem abgegriffenen und schmuddeligen Papier kann man ansehen, dass es weitaus mehr beachtet wird als das Totenbuch. Man könnte es auch das Buch der Hoffnung nennen. Es gibt einen Eindruck von der Evolution des Gebets im pragmatischen Sinn:

»Für meine Migräne. Zugleich für meine Familie, Gesundheit, Sicherheit, Arbeit und gutes Ergebnis laufender Finanzgeschäfte. Für den Frieden. Dank dir, Mutter Maria. Und für die Fahrstunden meines Sohnes.«

Ich habe meine Mutter schon lange nicht mehr zu mir nach Haus mitgenommen. Fast den ganzen Tag sitzt sie am selben runden Tisch, mal auf einem gewöhnlichen Stuhl, mal im Rollstuhl, mal festgebunden, mal nicht. Wenn es sonnig ist, machen wir einen kleinen Spaziergang im Garten. Anfangs wollte sie sich, wenn sie das Wort »Spaziergang« hörte, stets aufrichten, genau so wie mein Hund, jetzt weiß sie aber, dass sie einfach sitzen bleiben soll.

Meine Mutter schläft viel, auch tagsüber. Wenn sie wach ist, redet sie noch genau so viel wie früher, doch ohne die nervöse Zwanghaftigkeit von damals. An Gesprächsthemen ist kein Mangel.

Nun ja, das klingt sehr gesucht und entschieden – meine Mutter redet indes ohne alle Bezugspunkte und ohne jede Schlüssigkeit, man könnte dieses Reden ohne weiteres als »Sprechen tout-court« bezeichnen oder, etwas ungehobelter, als Faselei, als Reden eines kopflosen Huhns.

Wenn ich frage, was sie denn heute so alles gemacht habe, sagt sie, falls sie meine Frage verstanden hat, sie habe im Garten gearbeitet, den Rasen gemäht, die Küche aufgeräumt und Einkäufe erledigt, sie habe Klassenarbeiten durchgesehen und mit ihrer Mutter Kaffee getrunken, und sie habe auch eine Spritztour mit dem Auto gemacht. Anstrengend sei es, meint sie dann, den ganzen Tag über zu arbeiten. Manchmal gleitet sie über in den regionalen Dialekt, den sie nur vom Hörensagen kennt, manchmal spricht sie englisch: »Pleased to meet you«, sagte sie zu einer Pflegerin, manchmal auch zu einem leeren Stuhl oder zu einem Stück Sahnetorte. Oder, indem sie auf mich zeigt: »May I introduce you to my father?« Manchmal spricht sie, in babylonischer Trance, alles durcheinander oder eine Variante des Esperanto, in dem sie als junge engagierte Frau mit unbekannten Esten und Letten korrespondiert hat.

Eine große Leserin von Dichtung ist meine Mutter nie gewesen. Der freie Vers hat sie, wie ich fürchte, nie beeindrucken können, für den sehr diskreten Charme der Atonalität hatte sie kein Organ. Um so mehr Neigung besaß sie für leichte Verse, auch als Autorin. Das bezeugen die Poesiealben, die ich in ihrer Dachstube gefunden habe.

Höhepunkte der poetischen Liebhabervorführungen sind die Nikolausabende gewesen. Schon frühzeitig hat sich meine Mutter in ihr Schlafzimmer zurückgezogen, um in der Truhe eine Inventur der Geschenke vorzunehmen und diese dann aus dem Stegreif mit passenden Gedichten zu versehen. Obgleich sie selbst eine sehr eifrige Benutzerin von Wörterbüchern, Lexika und Atlanten gewesen ist, hat sie nur spöttisch und geringschätzig von den Trotteln gesprochen, die sich eines Reimwörterbuchs bedienen mussten. Ihr sind die Reime wie von selbst zugeflogen, wie einem Schnelldichter auf dem Jahrmarkt.

Für Gerüche, Farben und Geräusche hat sie noch immer ein unvergleichliches Gespür. Die unbewusste Suche nach sinnlichen Übereinstimmungen muss wohl auch die älteste, die am tiefsten im Hirn angelegte Regung jedes Säuglings sein. Das neugeborene Kind hat für seine Orientierung in der Welt vorläufig ja doch nichts anderes als seine eigenen Gerüche und Geräusche – was verwandt ist, gehört zu ihm, zu diesem einen Körper, alles übrige ist fremd.

Das Erkennen von verwandten Gerüchen und Lauten ist alles, was bleibt. Manchmal, in unruhigen Phasen, ist meine Mutter auf der Suche danach, als ob ihr Leben davon abhinge. Manchmal, in ruhigen Phasen, ist ihr Reimzwang, ihre Annexion fremder Laute durch verwandte, von einem verhaltenen Triumphgefühl begleitet. »Bitte sehr, Frau Offermans, ein Plätzchen mit zwei Farben« pariert sie mit »du sollst ja auch nicht darben«, »Hier, Sie können wählen« mit »ich lass mir nichts befehlen« und »Der schmeckt gut« mit »Das schmeckt wie Sekt«.

Doch fällt mir auf, dass meiner Mutter immer mehr Reime aus ihrem poetischen Reservoir verloren gehen. Schien bis vor kurzem nur die vierte Zeile von »O, what is it hot today« unauffindbar zu sein, so schaut sie jetzt schon nach der zweiten Zeile so, als sei das Gedicht zu Ende.

Bei Liedern ist der Verschleiß geringer. An einem

Nachmittag im Karneval vor ein paar Tagen sangen meine Mutter und Tante Alice im Besucherzimmer alle Karneval-Evergreens aus vollem Halse mit – obschon beide früher eine hartnäckige Abneigung gegen diese Art von Geselligkeit pflegten, Tante Alice noch stärker als meine Mutter. Und ich brauchte *Lili Marleen* nur summend anzustimmen, da fiel meine Mutter nach der ersten halben Zeile ein.

Auf fast alles hat meine Mutter verzichten müssen, auf jeden Fall in materieller Hinsicht. Die Handtasche, mit der sie die längste Zeit ihres Lebens verwachsen schien, ist verschwunden, auch aus ihrem Kopf, sie fragt nicht einmal nach ihr. Schließlich war ja auch fast nichts darin – ein Rosenkranz, ein Taschentuch, eine Ansichtskarte.

Die letzte Post, die sie erhalten hat, war eine Geburtstagskarte von ihrer jüngsten Schwester Henriette, vor nun schon wieder einem Dreivierteljahr. Sie schrieb, es gehe mit ihr und ihrem Mann bergab und sie zögen bald in ein Seniorenheim. Ich habe meiner Mutter diese Karte wohl schon zehnmal vorgelesen, jedenfalls die ersten paar Grußworte, einen rosigen Rest habe ich auf der Stelle dazu erfunden.

Schmuck trägt meine Mutter nicht mehr. Das ist ihr wohl zu lästig, glaube ich, ich habe sie nie danach gefragt. Ihre Uhr aber trägt sie noch, das Modell mit dem großen Zifferblatt, das wir ihr gekauft haben, als sie ins Heim kam. Das Uhrwerk hängt fast immer an der Unterseite ihres dünnen Handgelenks, wie ein rudimentäres Organ. Sie nimmt die Zeit aber nicht mehr wahr, auch nicht im übertragenen

Sinne, sie weiß auch gar nicht mehr, wie man eine Uhr befragt.

Zuweilen frage ich sie noch, wie spät es sei, eigentlich nur, damit sie meine Stimme hört und dadurch ein Gefühl von Nähe hat. Denn kein Wort ist nun mehr als das, was es nach Nietzsches Definition ist, nämlich ein *flatus vocis*, ein Atemzug der Stimme. Dann fühle ich ihr den Puls, sie starrt auf die Schließe des Uhrenarmbands, ich drehe die richtige Seite nach oben und weise auf die Stellung des großen und des kleinen Zeigers hin, wie bei einem Kind, das die Uhr lesen lernt, doch die Antwort auf meine Frage, wie spät es denn sei, hat kaum noch etwas zu tun mit dem, was die Zeiger angeben. Wie auch immer, wenn ich dann meine eigene Uhr neben ihre halte und feststelle, dass wir beide noch immer ganz richtig ticken, dann lacht sie zufrieden.

Seit kurzem hat meine Mutter eine Zimmergenossin, eine noch nicht so alte Frau mit einem starren Gesicht und einer schrillen Stimme, die buchstäblich alle zwei oder drei Minuten die Zeit ansagt: »Es ist jetzt dreizehn Minuten nach drei, sechzehn Minuten nach drei, achtzehn Minuten nach drei.« Sie muss sich an eine Ration von nur einer Zigarette pro Stunde halten, die sie immer zur vollen Stunde raucht; die Zeit, die sie vom nächsten befreienden Zug noch trennt, lässt sie direkt, fehlerfrei und beinahe drohend auf die Zeitansage folgen: »Nach siebenundvierzig Minuten kriege ich eine Zi-ga-rette, nach zweiundvierzig Minuten kriege ich eine Zi-ga-rette.«

»Gebt dieser Person doch mal 'ne Zigarette!«, ruft meine Mutter oft. Sie selbst hat nie geraucht, aber einer Pflegerin, die sie danach fragte, erzählte sie etwas anderes. In letzter Zeit rauche sie nicht mehr so viel, sagte sie, ja manchmal, in geselliger Runde, das schon. Als die Pflegerin dann meine Mutter für ihr vorbildliches Verhalten lobte, denn gesund sei das Rauchen ja nicht, meinte meine Mutter, nein, nötig sei das ja wohl nicht.

Abgesehen von der fanatischen Stimme der Raucherin hört man in der Umgebung meiner Mutter gegenwärtig mit großer Regelmäßigkeit, manchmal eine Stunde lang ununterbrochen, noch ein anderes Geräusch, nämlich von einer Frau, die mit hoher piepsiger Stimme das *Ave Maria* singt. Das Personal bindet sie über Tag auf einem Stuhl mit Topf fest und stellt sie in die Ecke eines Flurs, möglichst weit entfernt von den beiden Wohnräumen. Doch für ihren Gesang braucht sie kein Publikum. Sie singt mit geschlossenen Augen, in himmlischer Verzückung, schon unterwegs zur Muttergottes.

»Das ist Alice«, sagte meine Mutter kürzlich, ganz irritiert, »sagt ihr doch, sie soll den Mund halten.«

Tante Alice erscheint noch regelmäßig morgens bei meiner Mutter zum Kaffee, wenigstens sagt sie das, wenn ich danach frage. In Wirklichkeit sehen sie sich nur noch ganz selten. An ihrer Rollenverteilung hat sich nichts geändert.

Meine Tante ist noch immer vital und rebellisch, wobei ihre Raserei sich langsam zu wandeln scheint in eine Mixtur aus Zynismus und Hoffnungslosigkeit. Sie will noch immer zurück in ihr Haus an der Walramstraße. Wer soll denn jetzt dort für die Pflanzen sorgen, wer den Rasen mähen? Mit Selbstmord droht sie aber nun nicht mehr.

Meine Mutter verkörpert im Gegensatz zu ihr noch immer das Realitätsprinzip. Mit dem Realismus eines Menschen, der die Welt kennt, dämpft sie den exaltierten Weltschmerz ihrer Schwester. Doch seltener als vordem wird meine Mutter in ihrer Nähe nervös; in ihren Jeremiaden und Provokationen hört sie wahrscheinlich wieder vor allem den beruhigenden Ton des pubertären Spiels vom Necken und Abtasten von Grenzen und nicht länger den bitteren Ernst der selbstzerstörerischen Verzweiflung.

Ja, meine Mutter ist ruhiger geworden. Ich stelle fest, dass auch ich ruhiger geworden bin, wenn ich sie besuche. Wenn ich Jahre hindurch nicht wusste, in welchem Zustand ich sie antreffen würde, so ist die Chance jetzt groß, dass es nur halb so schlimm ist, nun ja, dass in ihrer jämmerlichen Situation eine gewisse Kontinuität und somit auch eine gewisse Gewöhnung eingetreten ist. Und Gewöhnung stumpft ab.

Wenn mich jemand fragt, wie es meiner Mutter geht, dann pflege ich gewohntermaßen zu antworten: »Ach ja, es geht ziemlich gut, den gegebenen Umständen angemessen.« »Ziemlich gut«, das ist auch die Standardantwort einer an ihr Bett gefesselten Zimmergenossin meiner Mutter auf meine Standardfrage, wie es ihr gehe. Aber es geht dieser Frau und auch meiner Mutter überhaupt nicht gut. Von all den Euphemismen, die hier in Umlauf sind, ist »ziemlich gut« wohl der bitterste, der am meisten verletzende.

Das wird mir voller Scham bewusst, wenn ich meine Mutter wieder mal sehr widerborstig antreffe. Sie ist übellaunig, schon den ganzen Tag, wie die Pflegerinnen sagen, keiner weiß, weshalb. Sie habe den ganzen Tag noch nichts gegessen, sagen sie; vor ihr auf dem Tisch steht eine Schüssel mit Joghurt, nicht angerührt.

Ich sehe, dass ihre Hände zittern, sie redet gehetzt über ein Schiff, über gefangen genommene Pakete und andere Postsachen in diesem Schiff, über gellende Kriegsmusik, über Spione, über Wasser und Schlamm in ihrem Mund. Ich ermutige sie, von ihrem Joghurt zu trinken, halte die Schüssel an ihre Lippen: »Los, Mama, leckerer Joghurt!«, aber sie stößt die Schüssel von sich, sodass ein Schuss Joghurt über den Rand schwappt, auf ihr Kleid.

Mittags stießen wir mit Tante Alice im Besucherzimmer zusammen. Sie stiefelte mit kräftigen Schritten zwischen den Tischchen durch und zerrte eine Pflegerin an ihrem Arm mit. Wir saßen in einem verandaartigen Anbau, und ich las meiner Mutter die Überschriften aus der Zeitung vor.

Tante Alice begrüßte uns verwundert, ihre Augen sprühten Funken, sie lief über vor Energie.

Ob jemals wohl etwas geschehe, das *nicht* elendig sei, wollte sie wissen. Meine Mutter reagierte mit einer wegwerfenden Geste. Natürlich – würden wir sonst eine Zeitung brauchen?

Worauf Tante Alice zu einer langen Aufzählung von alten Klagen ansetzte. Sie liege den ganzen Tag im Bett, sie ließen sie auch den ganzen Tag schlafen, so hätten sie auch keine Last mit ihr. Sie wisse nicht, was sie hier zu suchen habe. Sie kenne niemanden. Sie wisse nicht, wer da für das Essen sorge. Sie wisse nicht, wo sie schlafen solle. Sie wisse nicht, warum sie hier wohne. Sie wisse nicht, wer ihr den Streich gespielt habe. Sie fänden sie aber lästig hier, und das war auch gut so!

Einen Augenblick war es still, dann schloss sie ganz gelassen: »Das Leben ist mühsam, was, Em?« Darauf sagte meine Mutter leichthin: »Meinst du?«

Heute Abend bin ich noch einmal bei ihr gewesen, denn am Abend ist es für sie oft besonders mühsam. Da gab es wieder reichlich Krieg, das sah ich sofort. Es war zu wenig Personal in der Abteilung, um einen solchen Ausbruch zu verhindern.

Meine Mutter saß festgebunden auf ihrem Stuhl, was seit einigen Monaten, seit der Einführung der sogenannten Nicht-Fixierungs-Politik, nicht mehr häufig, aber notgedrungen manchmal doch geschah. Sie hatte sich wieder einmal, mühsam mit den Füßen scharrend und den Stuhl hinter sich her schleppend, zu einem blinden, entlegenen Winkel des Raums vorgearbeitet, wo sie verwirrt und ängstlich um sich blickte. Glücklich erkannte sie sofort meine Stimme. Sie war auf der Flucht, sie war verhört worden, sie hatte keine Rechte. Wie ich sie denn hier gefunden hätte?

Ich fasste ihre Hand und setzte mich ganz nah neben sie. Leise sangen wir *Lili Marleen*, das Lieblingslied aller geistigen Deserteure. Ein paar Minuten darauf war sie wieder ganz ruhig. »Komm«, sagte sie, »wir gehen nach Hause.«

Der Autor erhielt für die Arbeit an diesem Buch ein Stipendium des Fonds voor de Letteren.

Die Übersetzung erfolgte mit freundlicher Förderung durch die Foundation for the Production and Translation of Dutch Literature

Foundation for the Production and Translation of Dutch Literature

Die Originalausgabe erschien unter dem Titel *Waarom ik moet liegen tegen mijn demente moeder* bei Uitgeverij Cossee, Amsterdam 2006
Umschlaggestaltung: Michel Keller, München,
Typografie + Satz: www.frese-werkstatt.de
Druck und Bindung: Freiburger Grafische Betriebe

ISBN 978-3-88897-485-4